レモンパイは
メレンゲの彼方へ

もとしたいづみ

集英社

レモンパイはメレンゲの彼方へ

目次

春

夏

秋

冬

春

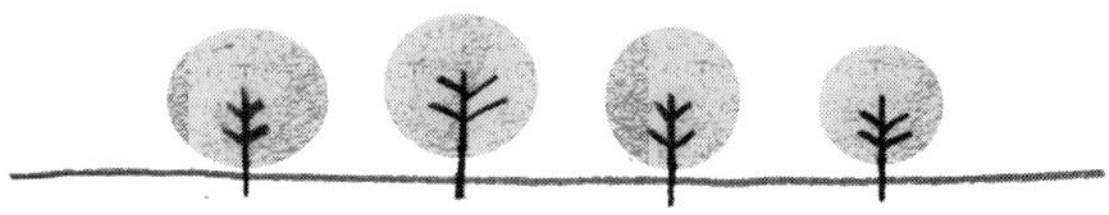

さもなくばフルーツサンドを

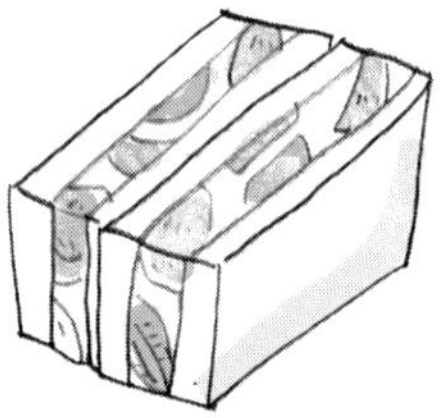

「おかあさんは、いちごを　とんとんとうすくきって、それに、はちみつを　とろとろとろっとかけたのを、パンにはさんで、サンドイッチを　つくってくれました。」
『もりのへなそうる』という童話の一節だ。幼い兄弟が、現実と空想の間を行き来して冒険をする話で、一九七一年の発行以来、子どもたちの絶大なる人気を誇るロングセラーだから、ご存知の方も多いと思う。
私は、自分が親になってから読んだせいか、兄弟の冒険や、「へなそうる」という名の動物より、彼らの母親の大らかさや、冒険に送り出すときのお弁当に、心をわしづかみにされた。
フルーツサンドとは、なんと洒落《しゃれ》たお弁当だろう！　今、ちまたのフルーツサンドは生クリームが主流だけれど、はちみつを使うところが、家庭でできる簡単おやつっぽくていい。しかも「とんとんとうすくきって」という表現！「スライスする」を、子どもにわかりやすく表現したのだろうけど、こちらの方がいちごの断面が目に浮かび、同時に香りもしてくる。なによりはちみつを「とろとろとろっ」という、ケチケチしないで、たっぷりかけた感じがうれしい。この本が書かれた頃は、いちごは今よりも酸っぱかったはずなので、甘くするためにも、そしていちごの水分がパンにしみ込むのを防ぐためにも、はちみつは多めの方がいいのだろう。

子どもは、こういうおやつみたいなごはんみたいなものが大好きだ。でも大人になると、主食であるパンに、デザートの果物とクリームをはさむ、どっちつかずな食べものは、通常、なかなか食べるチャンスがない。

私はフルーツサンド好きなので、「パフェを食べよう！」と思って、意気揚々とフルーツパーラーに入っても、メニューに「フルーツサンド」の文字を見れば心が揺らぐ。が、「いや、初志貫徹でパフェだ！」と、マンゴーパフェなどを注文したあとで、つい「あ、それと、フルーツサンドもお願いします」と口走ってしまい、後悔することになる。フルーツパフェとフルーツサンドは、果物とクリームがかぶるので、あんみつとあんパンを食べるようなもの。かといって、ミックスサンドに、デザートっぽくフルーツサンドを組み合わせるのも、パンの食べ過ぎだ。

では、潔くフルーツサンドだけにして、こう考えたらどうだろう。フルーツサンドはある程度お腹を満たし、甘いものを食べた満足感もあり、果物でビタミンも摂れて、なおかつ腹八分目という、理想のおやつである、と。

だからこそ、絶対にはずしたくない。見かけだけは素敵なカフェの、あきらかに缶詰の果物を使ったフルーツサンドなど、味わう以前に悲しい。

断面はバナナ、いちご、キウイ、りんご、メロンなど果物のスライスがあくまでも美しく……。とすれば、やはり餅は餅屋に、フルーツサンドは果物屋が経営するフルーツパーラーに、だろう。

そんな果物屋の二階にあるフルーツパーラーに行ったときのこと。帰りに何気なく「いちごパフェ、おいしかったです」と言ったら、奥から店主が出てきて、「いちごの品種は軽く百五十種を超え、いちごの甘さよりも、今の時季なら、どの品種が生クリームに合うかを選ぶので大変だ」という話を、財布を持ったまま十五分も聞くはめになった。

そんな血のにじむような（とは言ってなかったけど）果物のセレクト。そして各店それぞれ腕の見せ所でもあるクリームは、ヨーグルトを使ってあっさりと仕上げたものだったり、軽いカスタードクリーム、サワークリームなどさまざまなのだが、実はパンが軽視されがち。ということに気づいたのは、浅草の「フルーツパーラーゴトー」で、美しいフルーツサンドを食べたときだった。

ここのパンは近所の老舗ベーカリー「ペリカン」の、ふわふわなのにしっかりした、ちょっと塩気のあるパンを使用している。そのパンと、果物の味を引き立てるべく計算された自家製クリーム。そして新鮮な果物。すべてのバランスとデザインが完璧で、しかも果物は旬の、その日そのとき、ジャスト食べ頃のもので構成されている。つまり行くたびに違うのだ。しかも、バナナとクリームの淡い色のサンドイッチの裏が、目の覚めるようなキウイのグリーンだったりして、ひとつひとつに新鮮な驚きがある。

スイカがメインのときはたまげた。きれいだけど、スイカにパンとクリームって合うのだろうかと、でもひと口食べてみて、疑ったことを恥じた。ふわっとしたパンと、シャキシャキした舌触りの瑞々《みずみず》しいスイカに、優しい味のクリームのハーモニーは完璧だった。「今日はどうくるか?」とワクワクしながら待つフルーツサンドは、ちょっと癖になる。

ひなあられ秘密の小部屋

ひなあられに「正しい食べ方」はあるのだろうか？　関西版の色とりどりの「あられせんべい」ではなく、関東版の米粒状砂糖がけひなあられの方だ。

指三本でつまんで、口に少しずつ運ぶ、あのみちみちしたなんとなくいやらしい食べ方でいいのだろうか？　かといって、いい年の大人が掌《てのひら》にたくさんのせて、舌にぺたっとはりつけるのは品がないし、ひとさし指を舐《な》めて湿らせ、いくつか収穫するのも気持ちが悪い。

そういえば父は、ひなあられをひとつかみして掌にのせ、ふはっと吸い込んでいたけど、あれが男の食い方なのか？　ひなあられの男食い。荒れ狂う海で船に乗った男たちが一斉に「ふはっ！」と吸い込むひなあられ。ファイト！　一発！

大人の女の、上品な食し方はないものか、少し考えてみる。スプーンですくって口に運ぶ。鼻息で飛ばさぬよう細心の注意が必要だ。あるいは、楊枝《ようじ》にひと粒ずつ地道に刺して口に入れ、おもむろに歯でしごくとか。または楊枝をくわえたまま、溶けるまで曖昧に笑いながら待つ。いったんすべてを粉々に砕き、少量の水を加えて丸め……。いや、そうなるともはや、ひなあられではない。

と、ここで今さらのように気づいたのだが、「ひなあられのおいしい食べ方」とは考えていなかった。

「ね、ね。そこで、すっごくおいしそうなひなあられを見かけたから、買ってきたの。ほら、見て！　おいしそうでしょう？　このひなあられ」

「きゃあ、ステキ」

とはならない。なんだか無性にひなあられが食べたくなった、なんて話も聞かない。まだまだ寒い二月後半、ひなあられを見かけ、春を待ちわびるような気持ちで、ちょっと買ってみたくなるお菓子なのだ。そもそもこれは人間が食べるものだっけ？　本来はおひな様へのお供えもの？

このようにおいしさも、立ち位置も、はっきりしないひなあられだけれど、子どもの頃は、妹と競って食べたものだ。風船といわれる大きくて丸いのを等しく分配したら、あとはもう早い者勝ち。ふわっと頼りなく、ほのかに甘い程度の味だから、お腹にたまることなく、いくらでも食べられる。

『おどれ！ひなまつりじま』という、絵本がある。「あられに　しろざけ　ひしもち　おすし」で、人間たちのひな祭りが終わった夜、うらやましく思ったやまんばが、居眠りしているひな人形たちを起こして、テンション高めの祭りを始める。五《ご》人囃子《にんばやし》はテンポの速い曲を奏で、三人官女も激しく踊るダンサーとなる。やがてその祭りはどんどんエスカレートして……。という話だが、ここまで派手に動かずとも、うちのひな人形たちも実は生きているのでは、と思ったことはないですか？

私は毎年、怪しいと思う。

まず、ひな人形を出しながら「去年しまったとき、こんなにくたびれていたっけ」と首をかしげる。衣服の乱れ、髪のほつれ、小道具の紛失……。どう考えてもおかしい。箱の中で一年間、何をしていたんだろうこいつら。疑いの眼でじいっと見つめるが、彼らはすまし顔である。あ、ほら、「ひなまつり」の歌だって「少し白酒召されたか　赤いお顔の右大臣」というではないか。夜中に飲んだくれてるんじゃないのか？

娘たちが小さい頃のこと。ひな人形をしまうとき、次女が「よーし！　まず、悪者を片付けよう」と言った。「え、悪者って?」と訊くと、「この人たち」と、あたりまえのように三人官女を指した。そう言われてみれば、三人官女はなにか企んでいそうな顔だ。少なくとも絶対仲が悪いと思う。ひとりは男びなとデキていて、ひとりはそれを女びなにチクった。もうひとりは「ふん、くだらない」と、無視。そんなひな人形たちのひな段トークが、夜な夜な行われているかもしれない。

右大臣が「ひな人形を早くしまわないと、娘の婚期が遅れるとか言いますやんか」と話題を振ると、左大臣が「なんで、そないなことが、わしらのせいやちゅうねん。知らんわ!」と立ち上がる。それを聞いて五人囃子は「人のせいにすな」「鏡を見てみい」「ほんまや」と、手を叩いて大げさに笑う。

「さて、今年のひなあられですが、お味の方はいかがでしょう?」と、司会の男びな。三人官女が順番に「なにこれ、おいしい!」「でも湿気ってる!」「これがおいしいって、どういう味覚してんの?」「え……」

夜中にそっと起きてのぞいたら、ひな人形たちの間に気まずい空気が流れているときかもしれない。

おはぎを庭で育てる

春なのに、花屋の店先に菊の花があふれている。ああ、お彼岸なのか。と気づくなんて、私も大人になったものよのーとしみじみ思う。そういった年中行事や親戚づきあいをほとんどしない家庭に育ったせいで、いい年をして冠婚葬祭関連に疎い。

父が亡くなって四年になろうとしているが、そういえばお彼岸に墓参りしたことがなかった。いつもは家族の車で行くのだが、よし、今からひとりで行ってみようと思い立ち、急いで家に戻ると、お線香をバッグに入れ、花を買って駅に向かった。

駅の構内に和菓子屋が出ていて「そうだ、お彼岸はおはぎだ！」と、足を止めた。

父は酒も飲んだが、甘いものも好きだった。たまに大福などをスーパーで買ってきて、立ったまま頬張る父を、私は「もっとおいしいものを買って、ちゃんとお茶で

も淹れて落ち着いて食べればいいのに」と冷ややかに眺めたものだ。

私は駅で「もっと立派な和菓子屋で買えばよかった」と思ったり、「どうせ数時間で捨てられるのだから」と思ったり、「いやいや、たまにしか行かないのだから、値段なんか気にしないで奮発しなさいよ」と、せいぜい二百円の和菓子の前で、ずいぶん悩んだ末、きなことあんこ、各一個のおはぎセットを買ってバッグに入れた。

最寄駅に着いて、そうだ！　と、マクドナルドでコーヒーを買った。今までアルコール類しか供えていなかったが、父は喫茶店でコーヒーを飲むのを日課にしていたのを思い出したのだ。気が利くなあと自分で感心しながらタクシーに乗り込んだ。

どのくらい走るのだろう？　財布に千円札が六、七枚あることを確かめたついでに、紙袋の中のコーヒーを出して、プラスチックのふたの突起をプチッと上げ、ひとくち飲む。最近、コーヒーはマックもコンビニも、安いのにそこそこおいしい。そっと閉じて、慎重にバッグに戻した。表はナイロンの生地で、裏はふかふかの毛布みたいなリバーシブルのバッグはたっぷり入る。

ふと外を見ると、もう見覚えのある道だ。え、ワンメーターで着くの？　あたふたと車を降りた。霊園備え付けのライターやはさみ、桶などを持って、父の小さな墓石の前にガサガサと、おはぎやコーヒーを置いた。

おはぎのパックを開けると、ふわっと甘いあんこの香りがした。「ひとつもらうよ」と心の中で呟いて、きなこの方を取る。おはぎはこぶりで、上品な甘さだった。最近はほとんど作らないけれど、子どもが小さい頃は、小豆を煮るときなど、ついでにもち米を炊いて、よくおはぎを作った。炊きあがったもち米をすりこ木で適当に搗《つ》いて丸めるだけなので、すごく簡単なのだ。あんこときなこと黒ごま、気が向けば青海苔、たまにピンクのでんぶなどをまぶしてみたっけ。

墓前に供えたおはぎは、無事、父の口に入るのだろうか。ふと絵本『おはぎちゃん』を思い出し、おはぎがこのあたりに住む子どものいないカナヘビ夫婦に育てられる様子などを想像してみた。

『おはぎちゃん』は、縁側でおはぎを食べていたおじいさんのお箸から、ころころころと庭に転がったおはぎが「まあ！ かわいい あかちゃんだわ」とか言われて、庭の小動物や虫たちに囲まれて育つ話だ。ある日、おはぎちゃんを追って、みんなが床の下に入っていくと、そこには驚くことが……。読んでほしいのであとは秘密。

おはぎで甘くなった口にコーヒーをひとくち。おはぎとコーヒーって合うかも、とうれしくなったところで、コーヒーがやけに少ないことに気づき、嫌な予感がして、バッグの中を見た。うわっ、コーヒーがこぼれてる！ 買ったばかりの財布も手帳も茶色に染まっている。傘、ティッシュ、てぬぐい、みんな濡れている。あ、図書館の本！　しまった。これは弁償だ。私は墓前にわせわせとバッグの中身を一列に並べた。

バッグのナイロン生地を通して芝生にまでコーヒーが浸透している。私はティッシュでバッグの中を拭いて、ひとつひとつを拭いてはしまい、これは父からのどういうメッセージなんだろう？　などと考えながら帰った。

夜になって、あっと声をあげた。そういえば私ったら、お墓の前で手も合わせなかった。きっと父は、珍しく私がひとりで来たと思ったら、お供えものを食べたり飲んだりして、そのうちバッグの中身をずらりと並べて、またしまい、そそくさと帰ってしまったので、墓の中であきれたことだろう。

私は外で食べたおはぎとコーヒーの味を思い出しながら、おかしくなってひとりでくすくす笑った。

おいなりさんの立場

母方の祖父母は、西荻窪で「いさみ」という食堂をやっていた。繁盛していたが、祖母が心筋梗塞で倒れたあと、店をたたんで隠居した。子どもだった私は、年寄りとはそういうものだと思っていたが、そのときの祖母は、現在の私より若かった。祖父母は毎日、ふたりで仲良く茶の間でテレビを見たり、近所を散歩して過ごしていた。でも、ひっきりなしに近所の人が「重田さん、いるー?」と言いながら引き戸を開け、おしゃべりや相談事に来ていたし、六人の子どもたちが家族を連れて顔を出し、それなりににぎやかだった。

おやつどき、お客がいると、祖母はよく近所に、海苔巻きとおいなりさんを買いに出た。お客に「どうぞお構いなく」と言わせる隙も、私が「おばあちゃん、私も

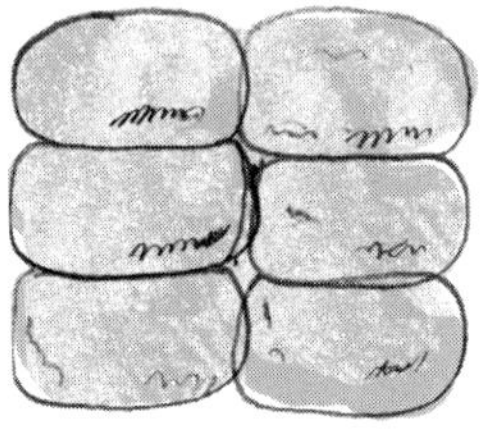

行く」と言う隙も与えず、気づけばもう、がま口を握りしめ、すたすた歩いて行く着物姿の祖母が、通りの向こうに見えた。

　行き先は近所の小さなおだんご屋さんだ。買うものは、海苔巻きとおいなりさんがメインで、甘党の祖父のためにあんだんごや、きんつばも買う。そして帰って包装紙を開くなり、言うのだ。

「あらっ、やだよ。まーたこんなにたくさん」

　大家族の習慣が抜けなかったこともあるが、もともと京都西陣の織屋の娘だった祖母は見栄っ張りで、三人しかいなくても、「少しだけ買うなんて恥ずかしくてとてもできない」という理由で、最低でも「全部十個ずつください」と言うのだ。

　すると気っ風のいい江戸っ子、だんご屋のおかみさんは、なにも言わずに気前良く二十個ずつ包んでくれる。いつも「この重さはおそらく……」という顔で、祖母はばかでかい包みを持ち帰った。そんなサービスのせいで潰れたのではないだろうか。私が結婚して近くに住んだ頃には、もう店はなかった。あの海苔巻きとおいなりさんは、今思うと、仕事が丁寧でとてもおいしかった。海苔が上等だったし、干瓢《かんぴょう》も揚げもふっくら煮あがっていて、上品な味だった。

　そんな記憶があるからか、今も私はおだんご屋さんの前で「今日は、焼きだんごとあんだんごとみたらしだんごだけにしよう！」と決意しながらも、海苔巻きとおいなりさんの姿が目に入れば、特においなりさんだけは買わずにいられない。ことに春先は、抹茶入り緑茶などをすすりながら、おいなりさんを食べたくなる。あ、今さらですが、おいなりさんの正式名称は「いなりずし」ですね。

それにしてもいつも不思議に思うのは、庶民的な和菓子屋さんには、なぜ、海苔巻きやいなりずしがあるのか、ということだ。やはりこのふたり組はお弁当の仲間などではなく、おやつな人たちなのではないだろうか。

パレスホテル東京のアフタヌーンティーセットにも、いなりずしが入っていた。普通は三段のお皿に、サンドイッチやスコーン、ケーキなどがのっているけど、このは重箱に洋風の定番ものプラス、いなりずしと和菓子も入っていたのだ。ということは、いなりずしの立ち位置は軽いおやつということなのだろう。

ティータイムのサンドイッチに、スモークサーモンやきゅうりのひとくちサンドがちょうどいいように、おやつに食べるいなりずしも、お箸など使わず、ちょいとつまんでひとくちの大きさがいい。

ひとくちどころか、もっともっと小さい、すずめが作ったいなりずしが、安房直《あわ》子の童話『すずめのおくりもの』に出てくる。ある豆腐屋さんの月に一度だけのお休みに、すずめが、自分たちで作ったひと袋の大豆を持ってやってくる。この大豆で豆腐を一丁こしらえてほしいと言うのだ。今日はすずめ小学校の入学式なので、新入生の子すずめ二十五羽の入学祝いにご馳走を作りたいと言うのである。

丁重にお願いするすずめたちが健気《けなげ》で、豆腐屋さんは仕方なく、大豆を水に漬けて、小さい鍋やコンロやミキサーを使い、マッチ箱ふたつ合わせたくらいの小さな豆腐を作る。

やっとできたと思ったら、すずめたちは、これで「あぶらげを　ちょっきり十三まい、こしらえて　くださ い。」と言う。豆腐屋さんは、豆腐を薄く十三枚に切って、油で揚げ、すずめたちに渡す。

その夜、荷車に重箱をのせて、すずめたちがやってくる。お礼を言い、おすそ分けと言って豆腐屋さんに渡した重箱は、掌にのるくらいの大きさだが、立派な朱塗りで、金銀の花模様が美しい。ふたを開けると、親指ほどの小さないなりずしが、ひとつ入っているのだ。はあ〜、なんてかわいらしい。

私もまねして、今度、小さいお重に小さいおいなりさんをふたつ入れ、テーブルの上に置いてみたい。

ああ、うるわしきショートケーキ

長いこと、ショートケーキはなぜ「ショート」なんだろう、どこが短いのだろう、と疑問だった。ショートケーキのホールは、もしかしたら「ロングケーキ」と言うべきなのか。

調べてみると、この「short」は「サクサクした」という意味だそうで、なぜかといえば、もともとイギリスやアメリカのショートケーキは、ビスケット生地にホイップクリームといちごをはさんだお菓子のことだったから。それがカステラに親しんでいた日本人向けにアレンジされ、スポンジ生地になったらしい。

ショートケーキには、いちごやメロン、桃などが使われているけれど、やっぱり誰がなんと言おうと、どうしたって、断然、いちごだ。白い生クリームに、色鮮や

かな赤いいちごがのっているからこそ、ハレの日のケーキ、ケーキの王様なのだ。

色が華やかなだけでなく、クリームとスポンジといちごというシンプルな組み合わせが潔い。だからこそ厳選された良い素材を使わなければ、できあがりにダイレクトに反映する。どの店でも定番なだけに、パティシエの心意気が問われるケーキ。流行のケーキや、すぐには読めないような難しい名前のケーキについ飛び付いてしまうけれど、ときどき基本に立ち返るようにショートケーキが、食べたくなる。

ショートケーキを前にすると、小さい頃から見慣れているはずなのに、その気高い白さにどきりとする。セロハンをくるくるとほどいてフォークを入れれば、なめらかで口どけのいい生クリーム、ふんわりしっとりしたスポンジ、いちごの甘酸っぱさ。いちごは、酸味が際立ちすぎても、生クリームやスポンジに馴染みすぎる甘さでもいけない。

なーんてうるさいことを今は言えるけど、私が小さい頃、いや若い頃だって、おいしいショートケーキはあんまりなかった。半分にカットされたいちごがちまっと乗っていて、スポンジの間にはさまっているのがいちごではなくジャムとか。スポンジが固くてぱさぱさとか、もしくはカステラのように甘かったり。生クリームが固すぎたり、全然甘くなかったり！

今は、ケーキ作りの技術自体が、かなり向上したのだろう。あちこちにおいしいショートケーキがある。それに昔は売っていなかった生クリームが、スーパーで簡単に手に入るし、ホイップされたものだってある。丸く焼いたスポンジも売っているから、あとはいちごさえ買えれば、ショートケーキなんて、おやつにちゃちゃっと作れちゃうのだ。でもそれは、しょせんシロートのなんちゃってショートケーキで、プロには絶対かなわない。

「こびと」が「働く車」を使って、いちごのショートケーキを作る絵本がある。これはある意味、プロが作るケーキだ。「おたすけこびと」という人気シリーズの最初の本で、人間の依頼人が電話すると、大勢のこびとたちが「さあ、しごとだ！」と、おもちゃの黄色い「働く車」を総動員して依頼に応えるのだ。

ショベルカーやダンプカーで小麦粉や砂糖を運んだり、オーブンから焼きあがったスポンジをクレーン車でひっぱり出したり、ミキサー車で混ぜたクリームを、見たことのない車（クレーンの一種？）でまんべんなく塗っていったり、こびとたちが何台もの働く車を操作してケーキを作る様子は、ダイナミックで気持ちがいい。

最後に「ババババババババ」とやってきたヘリコプターが「おたんじょうびおめでとう」のプレートを運びおろすところまでくると、とてつもなく大きなケーキの完成！という気がするのだけど、それはいつのまにか自分もすっかりこびとの気分になっているから。

おたすけこびとに依頼した母親が、まるで自分が作ったかのようにケーキをテーブルに運ぶのは、良心がとがめないのかと気になるところだが、幼い男子としては、むしろこびとがおもちゃの働く車で作った、という事実の方が、何倍もうれしいに違いない。このシーンを見ても、誕生日にはやっぱりいちごのショートケーキだと確信する。

誕生日やクリスマスでなくとも「なんか疲れちゃったなあ」とか「なんとなくイライラしてるよね、私」なんてとき、自分のためにいちごのショートケーキを買って帰ることがある。コーヒーを淹れて、箱を開ける。ケーキが見えた途端に、心がはずんで、ちょっとだけ幸せな気分になるから不思議だ。

お皿にのせたら、真っ先にいちごをつまんでパクリとやる。自分の機嫌を直すのに、ショートケーキはぴったりだ。

あんパンは偉いやつだ

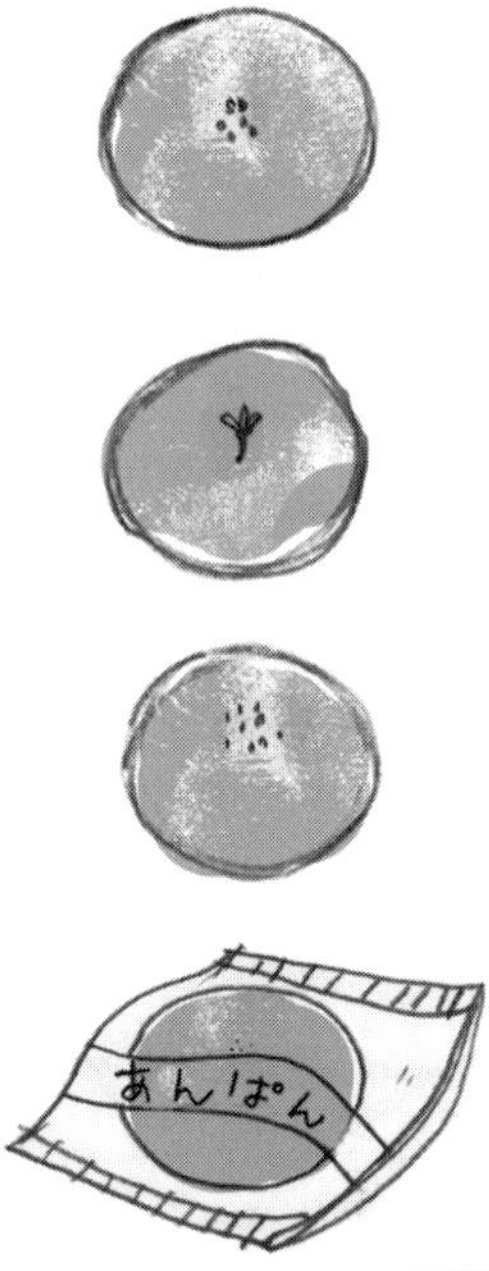

道を間違えて、新大久保のホテル街に迷い込んでしまった。若い頃なら、「一刻も早く、この地帯から脱け出さなくては！」とうろたえたものだが、おばちゃんとなった今は、「あらー、三時間二千円？　夏はシャワー浴びて昼寝するのにいいかも。知ってる人が出てこないかな」とキョロキョロしながら歩く。人通りのまばらな昼下がりである。

ふと見ると、狭い道の真ん中に、くたびれたスーツを着た中年男が立っている。手には、今やめったに見かけない、ばかでかいカメラ。絵に描いたような「興信所の人」だ。男は通行人を気にするでもなく、露出でも合わせているのか、カメラをいじりながらホテルの出口をちらちら見ている。といっても出口は約二メートル先なので、隠し撮りという様子でもなく、派手に写真を撮って、気づかれるのが目的なのかもしれない。でも本当に興信所の人？　私はじろじろ見ながら通り過ぎた。

これが、もし彼がカメラではなく、あんパンを持っていたらどうだろう？　道行く人は「張り込み中の刑事だ！」と思うはずだ。クリームパンやメロンパンなら、いくら目つきが鋭くてもそう思わないが、あんパンなら絶対に刑事だ。

と、きっぱり書いたけど、この判断に同意してくれる人は年齢層が限られるかもしれない。実物を見たことが一度もないのだから、どう考えてもテレビドラマの影響だろう。昭和の刑事ものドラマによって、「張り込み中の刑事」は、あんパンを食べながら、瓶入り牛乳を飲んで、電信柱の陰から犯人の潜んでいるアパート二階の部屋を見上げているもの、と刷り込まれている。

しかし、そんなわかりやすいスタイルで張り込みしていて大丈夫なのか？　そしてもし、犯人に動きがあったとき、牛乳瓶はどうするの？　いや、それよりもなぜあんパンなの？

「あんパン＝刑事」を定着させたドラマの時代、昭和の町には、今のようにコンビニやスーパー、ファストフード店などなかった。手軽に食べられるものを売っているのは、雑貨やお菓子、パン、瓶のジュースなどがある小売り商店ぐらい。数少ない選択肢の中から菓子パンの代表、あんパンを選んだとしてなんら不思議はない、というのが私の推理だ。

そう、刑事でなくとも、あんパンはよく食べるポピュラーな食べものだった。それどころかあんパンほど、いつの時代も、どこにでもある人気者はいない。明治七（一八七四）年、木村屋が西洋からやってきたパンを、酒饅頭《さかまんじゅう》をヒントに酒種で作り、あんこを入れて発売したのが最初らしいから、かなりのロングセラーだ。

さらに、あんパンの偉いところは、「これはちょっと……」というものがないことだ。銀座木村屋總本店の各種あんパン、とらやと帝国ホテルがコラボした期間限定のあんパン、最近のおしゃれなあんパン専門店のもの、そしてちまたのパン屋さんのあんパンも、スーパーやコンビニで売っている袋入りのものも、みんなそれぞれにちゃんとおいしい。

ところが、「これはちょっと……」というあんパンを見つけてしまった。それは『つるばら村のパン屋さん』という童話に登場する、猫向けのあんパンだ。

ある夜、パン屋さんにトラネコがやってきて店主のくるみさんにあんパンを注文する。「あんパンは、中のあんこが命ですからね」から始まり、小豆は「こがさぬように、こっくりと煮てください」だの、「ぼくたちネコは、あんこには、ちょっとうるさいですからね」だの「あんこは、つぶしあんにしてください」だの、おへそには「サクラの花の塩漬けじゃなく、煮干しをのせて」「パンの生地には、かつおぶしをたっぷりまぜること」だの言って帰っていく。くるみさんは黙って聞いていれば、よくもまあと思いながらも「ネコたちがこしをぬかすほど、おいしいパンをやいてやるから」と燃えるわけだが、かつおぶしに煮干し……。うーん。

私が「あんパン」といってすぐ思い浮かべるのは、栃木県佐野の名物「桜あんぱん」だ。

小ぶりなあんパン五つが、袋の中でぎゅうっと身を寄せ合っていて、側面にぺたりと大きな塩漬けの桜の葉が張り付いている。持つとずっしり重たいのは、もっちりした薄いパン生地に、みっしりときめ細かいこしあんが包まれているから。

ふわっと漂う桜の葉の香り、へそに埋め込まれた桜の花の塩漬けと、あんこに感じられるほのかな塩気。「桜あんぱん」は、ちょっとボリュームのある和菓子のようなので、立ったまま牛乳で流し込む刑事流の食べ方は似合わない。

と、ここまで書いておいてナンだけど、今無性に、ビニール入りの軽いあんパンが食べたくなってしまった。

星を数えながらジャムを食べる

甘いものが食べたい。

突然そう思ったとき、「そうだ！　冷蔵庫においしいのがあったぞ」と、大事に取ってあったチョコレートの箱を開け、ひと粒、そしてもうひと粒……。あーあ、全部食べちゃった、なんてことがある。キャラメルコーンを食べ始めて、気づけばまさかの一袋完食。あるいは本日が賞味期限のお饅頭《まんじゅう》を発見して、よし食べた、間に合った、と使命を果たした満足感を味わっても、甘いものが食べたいとひらめいたときの気持ちは、まだうっすら残っている。こんなに食べちゃったというのに。

そう、「甘いもの」だからといって、なんでもいいわけではない。こんなときはちょっと落ち着いて。今自分が食べたい甘いものがなんなのか、落ち着いて考える

べきだ。それが大人の女なのよ。いい年して、クッキーひと箱食べてんじゃないわよ（はーい）。

そこで己に問う。

「甘いものにもいろいろあるけど、今はどういうものが食べたいの？」

「うーん、ふわふわしたものじゃなくて、こう……。ぎゅっとした甘いもの」

自問自答しながら霧の中を手探りで進んでいく。

「ケーキとかクリームではないものね？　羊羹《ようかん》とかチョコとか？」

「あんこ系じゃないな。チョコほど重くなく……」

「じゃあ果物系？　バナナとかマンゴーとか……。ドライフルーツ？」

「いや、ジャムだ！」

さあーっと霧が晴れる。そうだ、私が今食べたいのは、マーマレードかあんずのジャムだ。それもパンやクラッカーにつけたジャムではなく、ヨーグルトにとろとろっとかけたジャムでもなくて、ジャムオンリー。

ひとたび明確になれば、おいしいアールグレーでも淹れて、ガラスの小皿にジャムをふた匙《さじ》。それくらいでいい。食べたいものがドンピシャリ！　であれば、たくさん食べなくても満足できる。それに、しばらくは「あ～、なんか甘いもの食べたい」がやってくることもない。そのことに遅ればせながらやっと気づいた。

そして甘いものの正体がジャム、ということがけっこうあることにも気づいたのだ。どうしてだろう？　今でも果物を水菓子と呼ぶが、昔、日本では果物のことを「菓子」と呼んだらしいし、原始人の食べものだって、甘いものは果実ぐらいだったろう。年寄りが子どもに戻ってしまうように、私は今、原始時代まで、さかのぼっているのだろうか。

いずれにしても、最近までジャムを正式にジャム単独で食べることはなかった。たとえば朝食のテーブルを片付けるとき、「ったく、何度言っても……」とぶつぶつ言いながら、ジャムの瓶に差し込まれたままのスプーンを抜いてぺろり。あるいはカレーの鍋にひと匙入れた隠し味のジャムの残りを口に入れる。そんな程度だ。

ジャムだけ舐《な》めるの？　と、批判的な方々に、読んであげたいのは『きりのなかのはりねずみ』だ。

日が沈み、あたりが薄暗くなった頃、主人公のはりねずみが、友人のこぐまの家に出かける。ふたりでお茶を飲みながら、星を数えるのだ。手には赤い水玉のハンカチに包んだこぐまの好物「のいちごの　はちみつに」。野いちごが煮崩れない程度に煮た、こっくりと甘いジャムだ。

はりねずみは、待ち焦がれる友人の心配をよそに、濃く垂れこめた霧の中でちょっとした冒険をして、やっとのことでこぐまの家にたどり着く。真っ暗な庭でランプをひとつ灯《とも》し、こぐまはお茶の準備をして待ちくたびれていた。

「いったい　どこにいたの？　なんども　よんだのに！

おゆを　わかして、ずっと　まっていたんだよ。」

これはロシアのアニメーション監督、ユーリー・ノルシュテインの作品を元に作った絵本だ。アニメではこのシーン、こぐまはしつこく文句を言うのだが、絵本でははりねずみを優しく見つめている。

「きみが　いなかったら、だれと　星を　かぞえるのさ？

ところで　のいちごは？　あまくて　きれいな　のいちご……」

待ってたのは野いちごのジャムかい！　と、はりねずみはツッコまない。ひんやりした夜気と草木の香りが漂う戸外で、お茶を飲む。なんてロマンチックな逢瀬《おうせ》だろう。

ビスケットでご機嫌さん

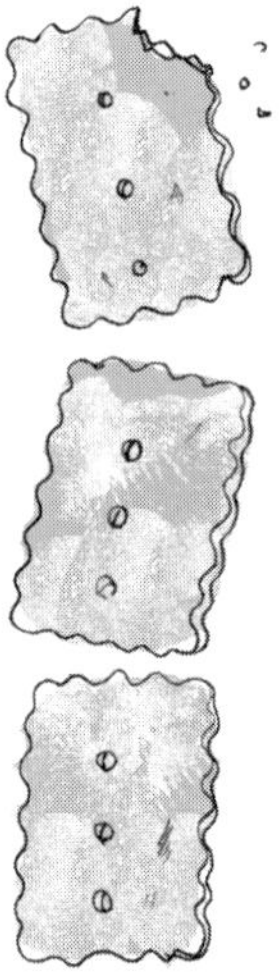

「ビスケット」という言葉の響きが好きだ。子どもの頃、ビスケットはいつも「いいもの」として身近にあったから、そんな好印象が今もあるのだと思う。

最近、『十五少年漂流記』を読んでいたら、ビスケットが出てきて、今も「ビスケット」に心躍ることを確認した。子どもだけしかいない船が、嵐にもまれて漂流し、無人島に漂着したとき、さあ食料はどれだけあるだろう？　という緊迫した場面なのに。

「あらあ、良かったじゃないの。ビスケットがあって。ねえ？」遭難した少年たちひとりひとりにそう言いたくなるのは、私がもうすっかりおばちゃんで、この話がフィクションであり、彼らが二年後に全員助かることを知っているからだろう。

この物語と出会ったのは、小学校の図書室だ。オリジナルに忠実な『二年間の休暇』という題名で、ひときわ目立つ分厚い本だった。しかしこの題名は、完全にネタバレだから、最初に『十五少年漂流記』というタイトルにした人は偉いと思う。

背表紙を見るたび、勘違いして「二年間も休暇があるなんていいなあ」と思っていたが、ある日、借りて読んだら、いきなり船が子どもたちだけを乗せてどっかに行っちゃうのだ。小心者の私にとって、子どもだけのサバイバルな日々は、ワクワクするどころか、半泣きだ。しばらく辛抱して読んでいたが、不安感に耐えきれず、気もそぞろで飛ばし読みした。

ところが子どもの頃、この話を夢中で読んだという作家がいる。世界の辺境地にわしわしと出かけては多くの小説やエッセイをつづるあの椎名誠だ。彼はその後、無人島のモデルとなった島を探す旅にまで出かけ、最近、翻訳家の長女、渡辺葉と『十五少年漂流記』を共訳した。オリジナル仏語版からの初邦訳というので、このたび私は初めてじっくり読み、遅ればせながらドキドキわくわくした。

この本には何度か「パンの替わりのビスケット」が出てくる。ビスケットといっても乾パンみたいなものかもなあと思い、明治時代に翻訳された森田思軒の『十五少年』を読んでみると、案の定「硬餅」で、ルビは「かたぱん」となっている。「かたぱん」では、西洋小説としての魅力が途端に半減するなあ。

ビスケットは、クッキーよりもバターの量が少なくて、あまり甘くない、軽くてさっぱりしたものというイメージだと思う。クッキーは甘くてくどいと感じるときもあるけど、ビスケットくらいならいつでも食べられる。調べてみると、ラテン語のbis（二度）とフランス語のcuit（焼く）が合体してbiscuitになったので、もともとはパンを薄く切ってもう一度焼いたものらしい。兵士や旅人の食料として日持ちするようにということだったが、その後、バターや卵などを入れるバリエーションが増えていったようだ。日本では「ビスカウト」「ビスクイト」と呼ばれ、織田信長が宣教師たちから献上された記録がある。

ずいぶん前、晩秋にパリに行く途中、トランジットで一時間だけ滞在した、フィンランドのヘルシンキ空港で食べたビスケットが忘れられない。ラウンジでガイドブックを読みながら、テーブルに置かれたサービスのビスケットをひと口かじって、目を見開いた。「何これ！」。

そのビスケットは円形と長方形の二種類があって、どちらもマリービスケットよりやや薄く、きれいな細かい模様が入っていた。ほんのり甘い素朴な味で、パリッとした焼き加減。小麦粉そのものがおいしいのだ。日本に戻ってからあちこち探したけど、見つからなかった。

でもあれは、フィンランドで食べたから格別おいしかったのかもしれない。日本で食べるクロワッサンやバゲットが、フランスと同じ材料、製法でもまるで違うように、粉ものは特に、土地の湿度や空気で味や食感が違ってしまうのだ。

きっと十五少年も「漂流から五十周年記念」で集まり、「さて、ここで皆さんに懐かしいものを召し上がっていただきましょう」と、漂流中に食べたビスケットが出てきたら、「こんな味だったか？」「これじゃない」となるのではないだろうか。

あのビスケットを食べに、またフィンランドまで行かなくちゃ、と思っていたら、春先の散歩の途中、東京で目を見開くレベルのものを見つけてしまった。「ポチコロベーグル」という小さなベーグル屋さんにある、オーソドックスなビスケットだ。しっかりめに焼かれた長方形にシンプルなひだひだ。穴は三つ。ほんのりバターとミルクの香りがして、噛むとかっちりと固め、甘さは控えめ。ミルクティーとぴったりだった。

扇風機の風に吹かれ、冷たい麦茶と食べたいビスケット。まだ眠りたくない夜に、ビデオを観ながらぽりぽりかじるためのビスケット。どんなときでも、自分がご機嫌になれるビスケットを知っておくといい。

夏

心を満たすあんみつの奥深さ

さっぱりした寒天に、甘い黒みつとあんこ、赤えんどう豆は軽い塩味、甘酸っぱい干しあんずと、もにょっと甘い求肥《ぎゅうひ》。バラエティ豊かな味と色と食感の「あんみつ」。華やかな着物のようだからか、大流行した『あんみつ姫』の影響か、あんみつにはなんとなく日本のお姫様のイメージがある。

絵本『あんみつひめさま』も、主人公のクリームあんみつはお姫様。父である殿様は、あんこの上に白玉を積み上げたちょんまげ頭のみつまめで、母は抹茶クリームあんみつだ。この本のお楽しみポイントは、登場人物がすべて和菓子というところ。きんつばや最中《もなか》は、そのままなのに家来っぽく、勇ましい旅侍の笹だんごが持つ刀は和菓子を食べるときに使う黒文字だ。妖怪の大福入道なんて、豆の透け具合

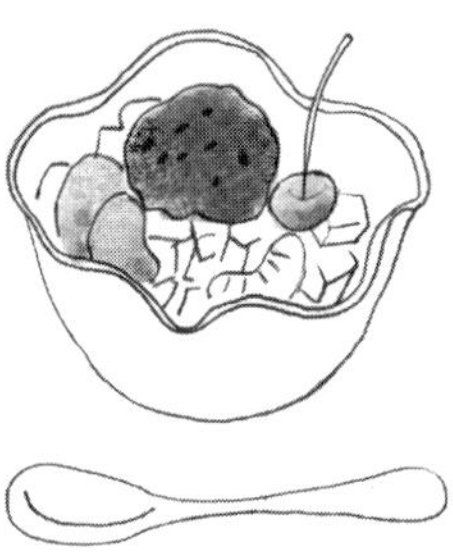

が絶妙で、ものすごくおいしそうだし、姫の似顔絵を描かされているのが、埼玉県熊谷市の銘菓「五家宝《ごかぼう》」だったり、隅々まで楽しくおいしそうな絵本なのだ。

「帰りにあんみつ食べない？」というセリフは、もしかしたら昭和の少女漫画かドラマにしか存在しないのかもしれない。今の女子高生はマックだろう。すごい塩分と脂肪分の……。いやいや、別にいいんですけど。

ちなみにあんみつは、セットにせずともお茶はついてくるし、一品で満足感があり、しかも低カロリーでヘルシーだ。食物繊維たっぷりの寒天、あんこの小豆には、美容と健康にいいサポニンが含まれているし、カリウムが豊富な赤えんどう豆や、ミネラルたっぷりな黒みつも。それに果物や干しあんず……。

その中で私があんみつの要と思うのは、寒天だ。何気なく口に運んだ寒天が、硬くもなく軟らかすぎず、海藻の香りが上品で、かすかな甘みが舌に残る（お、これは！）と思うものなら、会話を遮ってでも「寒天、食べた？」と訊く。「え？まだ」「今までで一番かも」「どれ、ほんとだ！」「ね？」と、同意を得られた満足感。

赤えんどう豆はまずいから食べない、と決めている人がたまにいる。たしかに皮が硬くて、ぼそっとしていると、がっかりする。でも、大きくてつややかな豆が塩加減もちょうどよく、ほっくり軟らかいと、あんみつ全体の格が上がる気がする。

「豆、食べないの？」「おいしい？」「丁寧に作ってあるよ」。そんなふうに、あんみつも味わいつつ、私たちは「○○先輩って素敵だよね？」「えー、そう？　どっちかっていうと、私は□□先輩の方がいいな」なんておしゃべりをいつまでもしたものだ。

「意外な甘党芸能人」を取材して、雑誌に連載コラムを書いていたときがあった。インタビューした悪役商会の強面《こわもて》俳優が、こんな話をしてくれた。

「撮影が終わったら、甘いものでも食べて帰りたいなあ、と思うんだけど『おい、ちょっと寄ろうぜ』って男がふたり、あんみつ食いながら話はできない。男が腹割って話すときは、酒なんだよね」

男って不自由！　女はあんみつ一杯で、いくらでも腹を割って話せるぞ。そうか、男たちが、腹を割って話す酒の席が激減した今、「あの女、まだ俺のこと好きだと思うんだ」「いやいや、おまえフラれたんだから、忘れた方がいいって」なんてアドバイスされる機会もないから、ストーカーしていきなり刺し殺すんだろうなあ。話が飛躍しすぎでしょうか。

高校時代、一緒にあんみつを食べた同級生と、つい先日、三十八年ぶりに話をした。父の転勤で引っ越しばかりしていた私は、いつのまにか行方不明者になっていたのだが、雑誌に書いたエッセイを、偶然友達が読み、検索したら写真が出てきたそうだ。もしやと思って、ブログに「小林いづみちゃんだよね？」とコメントしてくれたのがきっかけで会うことができた。

三十八年の間にお互い結婚して出産、育児をすませたが、やたらと笑い転げた高校時代のテンションそのままに、おしゃべりは尽きず、時の隔たりなど少しも感じなかった。

ところが、同じように再会した元クラスメイトの男子とは、隔たりだらけだ。仕事の自慢と、つまらない思い出話ばかりで、まったく噛み合わない。

男友達とグラス傾け、表面をなでるようなどうでもいい会話をするよりも、私は断然、女友達とあんみつ食べながら、人生をざくざく掘り返すような、手ごたえのあるおしゃべりをしたい。

レモンパイはメレンゲの彼方へ

国産レモンの栽培が盛んになったせいか、酸っぱいレモンクリームたっぷりのレモンタルトや、刻んだレモンの皮が入ったしっとりしたレモンケーキなど、レモンのお菓子が急増していてうれしい。

以前はレモンといえば、「Sunkist」のシールが貼ってあるか、直接皮に青い文字が印字されたアメリカ産で、紅茶にレモンのスライスを浮かべると、防カビ剤のオイルなのか油が浮き、すぐに渋くなった。お菓子も種類は少なくて、レモン本来のさわやかな香りや酸っぱさを味わえるものはほとんどなかった。

レモンの形のレモンケーキは、包み紙こそレモンイエローでも原材料に「レモン」の文字がないものさえあった。こちらは今でもけっこう洋菓子店で見つかるけれど、

クラシカルなレモンパイは、ほとんど見かけなくなってしまった。

たぶん一九六〇年頃からしばらく、レモンパイは町のケーキ屋さんに必ずあった。業務用のパサパサ系パイシートの上に、コーンスターチで固めたあんまりレモンの味がしない黄色いクリームが一センチほどのっていて、白いメレンゲがもわもわと全体を覆っている。八〇パーセントはメレンゲなので、あと味は「メレンゲをいっぱい食べました」なのだけれど、卵白と砂糖を泡立てただけのはかないメレンゲが口の中で溶けていくのは楽しくて、私はレモンパイが大好きだった。いや、正確に言うと、好きだったのは、メレンゲと、「レモンパイ」という甘酸っぱい響きの名前だ。

レモンパイはアメリカ、と思っていた頃の話だ。中学一年の下校途中。その日は私の誕生日だった。「家に帰れば、ママに頼んでおいた好味屋のレモンパイが待っているんだ。まるでアメリカの少女のようだわ」とロマンチックな幸福感に浸っていた。

「好味屋」とは当時、荻窪の線路沿いにあった人気のパン屋さんで、ケーキやソフトクリームも売っていた。バースデーケーキ指定の店がパン屋さんというのが、本人は大喜びなだけに、昭和のもの悲しさを誘う。

母に作ってもらったミニ丈のワンピースは（制服のない中学だった）、紺の地に黄色と白の小花を散らした柄。ちょうちん袖で、襟にはフリルがついていた。生地屋さんで布地を指定して、自分でデザイン画を描いて作ってもらったので、自己満足度はかなり高かった。そんなおニューのワンピースを着て、傘をくるくる回して歩けば、気分はドラマ『おくさまは18歳』の岡崎友紀（古い！）。主題歌を口ずさみながら、雨の通学路を帰っていった。

しかし、そんな自己陶酔な帰り道は覚えているというのに、そのあと家に帰って、ホールのレモンパイを見た記憶も、それを食べた記憶も残っていない。

カラカラーっと門の木戸を開けてから、玄関の引き戸を開き、昭和の木造住宅の和室に入れば、ちゃぶ台の上に、まるでアメリカのようにレモンパイがあった、はずなのだけど、うーん、どうしても思い出せない。

そもそもレモンパイって、本当にアメリカのケーキなのだろうか。もしかしたら、当時「外国」＝「アメリカ」だったから、そう思い込んでいるだけなのか。と思っていたら、アメリカで一九六〇年に出版された本に、レモンパイが出ているのを見つけた。『にいさんといもうと』という絵本だ。

なにかとちょっかいを出してくる意地悪な兄と、だまされて泣く妹。でも絵を見れば、兄はあどけない素直な妹がかわいくてたまらないことがわかる。ラストページは、白いテーブルクロスのかかった丸テーブルで兄妹が向かい合い、仲良くレモンパイを食べているシーンだ。どんなレモンパイ？　と、グレーの線に青と黄色だけをのせた絵に目を凝らすが、白いのはメレンゲかなあ？　というくらいしかわからない。

実はこの絵本、何年か前に日本でオリジナル版が出版された。訳も絵も新しく、タイトルは、『おにいちゃんといもうと』。気になるレモンパイを、はたこうしろうは、一体どう描いているのかと見てみると、どうやらパイの上にメレンゲのみ。そしてレモンの皮を刻んだものが上にパラパラとかかっている。舌の上でメレンゲがシュワッと溶けると、レモンのさわやかな風味が残るような、そんなレモン風味のメレンゲなのだろうか。

そもそも、私が大好きだった昭和のレモンパイは、どんな味だったんだろう？　本当においしかったのだろうか。最近の、しっかり酸っぱいレモンのタルトやケーキを食べていると、昭和のレモンパイの味は、ますますもわもわしたメレンゲの彼方《かなた》に霞《かす》んでいってしまうのだ。

さわやかなゼリーは信用できるのか？

梅雨時、ケーキ屋さんのショーケースに、涼しげなカップゼリーが並び始めると、「ああ、今年も夏がやってくるんだなあ」と思う。

生クリームやバターはちょっと重すぎるけど、甘くて見目うるわしいデザートを食べて気持ちを浮き立たせたい。そんな気分のときは、さっぱりしたゼリーがベストなはずなのに、居並ぶケーキを差し置いてゼリーを選ぶ機会は案外少ないものだ。

例えば女が四人、観劇などの帰りにちょっとどこかでお茶を飲もう、となる。「ここ、どう？」「あ、いいね」と入った店は、甘い香りが漂い、ショーケースに色とりどりのケーキが華やかに並んでいる。こういう場合「全員がケーキを食べること」という暗黙の規約がある気がするんだけど、そんなことないですか？

ひとりだけ「あたし、アイスティー。以上！」ではすまない。本日、我々はともに芝居を見て、ともにお茶を飲み、カロリーも同じくらい摂取しなくちゃならん運命共同体なのだ。たとえケーキを食べたい気分じゃなくても、ここはひとつ、穏便にケーキを食べておこうと潔く決意することになる。

そして、みんなでケーキサンプルを指さし、「私はこの、チョコレートのタルトにしてみる」「私はやっぱりショートケーキかな」とわいわいやっているときに、「私、このオレンジ色のゼリー」と言うのも、またけっこうな勇気を要する。「貴様！正々堂々とケーキで勝負しろ！　卑怯者！」とまでは言われないが、ちょっとした疎外感を味わうことになるはずだ。

『フルーツタルトさん』という絵本に、ゼリーの異端児ぶりを描いたシーンがある。おかしたちの住む町で、両親と一緒に美容師として働く、主人公のフルーツタルトさん。そこへ「ゼリーの国」からさわやかブルーのゼリー男子がやって来てふたりは恋に落ちる。だが、ふたりの結婚に反対するタルト両親。タルトパパは、どこの誰かもわからないやつとの結婚は許さん、と烈火のごとく怒る

タルトママは「あんな　すけてて　ぷるぷるしたひと、やめなさい。タルトはタルトと　けっこんするのよ！」と言うのだ。

そう言われてみれば、透けていてぷるぷるしているなんて、いかにも軽薄で信用できない男、という気がしてくる。

その後タルト両親は、ゼリー君が心優しい好青年だと知り、ふたりは結婚を許される。美容院を営むタルトさんの家に婿養子（おそらく）として入ったゼリー君。『ゼリーってほんとうに　すてきよね』おきゃくさんの　えがおが　ますますふえました」。さてこの後に続く、話を予想してみよう。

ゼリー君はさわやかで人当たりが良く、誘われたら拒まない男だろう。それが優しさでもあるのだが、要するに、いつでも楽しくしていたいという底の浅い奴なのだ。こういう男は、お客に誘われるまま、何度も浮気をしたあげく、見るからにアブナイ女と、浅はかにも店のお金を持ち逃げ。そうこうしているうちフルーツタルトさんはかわいかった面影も消え、目つきのちょっと怖い太ったおばちゃんになるのだろう。

「だからタルトにしとけって言ったのよ」と、タルトママが言い「もう、その話はいいだろ」とパパが遮る。でも仮にフルーツタルトさんが、タルト男を選んだとしたら、どうだろう？　タルトは上が洋なしやかぼちゃなどさまざまでも、底の生地はみんな同じ。それはそれでつまらない。

さて、見かけはただのレモンなのだけれど、中身をくり抜き、そこに果汁をたっぷり使ったゼリーを流し込んだ「レモンゼリー」が私は好きだ。ゼリーは、むっちりした食感ではなく、適度にふるふると軟らかいタイプ。

値段を見るたび「レモンを買って自分で作れば何個分？」と計算してしまうが、オレンジやグレープフルーツと違い、レモンゼリーはあんまり置いてないので、老舗果物店やフルーツパーラーなどで見かけると、思いきって買うことにしている。

よく冷やしたのをビニールの包みから出し、ふたになっているレモンの端を手に取って果汁をきゅっと搾ったら、スプーンでひと匙《さじ》。酸っぱすぎず甘すぎずレモンの香り広がる。

さわやかな気分を何匙か味わってから、レモンの中は案外、狭いことに気づく。みみっちくもスプーンでかりかりとこそげ落とそうとするも、果肉はほとんどない。仕方なくぎゅうっと果汁を搾ってみる。が、皮だけになったレモンに果汁はほとんどない。そのまま捨てるのは忍びないので、台所の蛇口をこする。レモンの皮はステンレス磨きにいいのだ。気づくと、ごしごしと台所掃除を始めている私……。せっかくリッチな気分で食べ始めたレモンゼリーなのだが、なぜかこんなふうに貧乏くさい気分で終わってしまうのだ。

昭和喫茶のピザパイを讃える

古い昭和な喫茶店のメニューに「ピザパイ」があるとちょっとうれしい（若者よ、昔はピザのことをピザパイと言ったのじゃ）。

パイといっても、薄い普通のピザ生地に、ケチャップを塗り、玉ねぎ、ピーマン、サラミの薄切りをほんの少し散らした程度。チーズの量も少なくて、直径十五センチほどだから、食事ではなくスナック、軽食の欄にあった。

このたびちょいと市場調査してみたら、古めの喫茶店にはけっこう「ピザパイ」が生き残っていた。値段や店の様子からすると、今のピザのようなボリューミーな食事ピザではないようだ。そして、あちこちの看板を見て驚いたのは、「ピッツァ」表記の多さだ。みんな「ピザ」と呼ぶし、宅配ピザもそのままだけど、今はイタリ

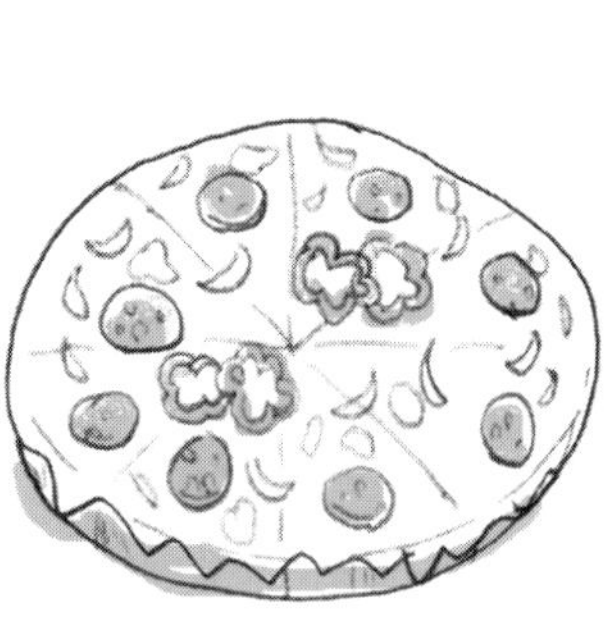

ア料理店じゃなくても、ファストフード店さえ「ピッツァ」になっているのだねえ。ピッツァ……。私は書くのも言うのも恥ずかしい。

しかしそんなことを言っていられない絵本がある。その名も『ピッツァぼうや』だ。読み聞かせするときは、当然ながら「ピッツァ」と何度も言わなくちゃならない。だけど表紙のピート少年の満面の笑みや、全体のユーモラスでとぼけた内容は、ピザよりもピッツァとはずんだ方が断然合う。だから、ここは腹をくくって「ピッツァ」と陽気に発音しよう。

主人公のピートは、雨のせいで友達と外で遊べずご機嫌ななめだ。そこで父親が「そうだ　ピートでピッツァをつくったら　たのしくなるかもしれないぞ」と思い立つ。まずはピートをテーブルにのせて生地をこねる。生地とはもちろんピートのことだ。ひっぱったり伸ばしたり、ピッツァ作りに欠かせない生地の空中飛ばしもしちゃう。ピートはうれしそうに、されるがまま。ピッツァになりきっている。

続いて油（本当は水）を少々、小麦粉（ベビーパウダー）を振りかけて、トマトの輪切り（ボードゲームの赤いコマ）を体の上にちりばめる。すると母親が「わたしのピッツァには　トマトをのせてほしくないわ」と言うので、ピートはつい笑ってしまう。父親はトマトを取り除き、紙切れのチーズをのせ、たずねる。「さてピート、サラミはどうするかな?」。ピートはひっかからない。自分は今、チーズをのせたピッツァなのだから。そんなことをしているうちに、ピートは機嫌を直し、いつのまにか雨も上がっている。というわけでこの絵本、最後まで本物のピッツァは出てこない。読者の中には「ピッツァというのはあのピザとは別物?」とか「人間を焼く恐ろしい食べものなのか!」とおびえる子がいるかもしれないと思うと、うれしくなる。

さて、私がはじめてピザを食べたのはバリバリ「ピザパイ時代」、帯広に住んでいた高校一年のときだ。友達が、喫茶店にピザパイという新メニューがあった、というので、学校帰りに食べに行ったのだ。

お菓子でもパンでもない、ケチャップ味のピザパイは衝撃的だった。それまで、チーズといえば雪印のプロセスチーズしか知らなかったから、溶けたチーズというのも珍しかった。私はいっぺんで気に入り、次の日曜日、母と妹を誘って再び食べに行った。あの喫茶店は今もあるだろうか。階段を上っていく広々とした店内はなんとなく覚えているけど、店名も場所も忘れてしまった。

昨年、帯広に何度か行く機会があった。約四十年ぶりの帯広は、当然ながらすっかり変わっていた。毎回、おやつの時間に到着し、有名な六花亭帯広本店二階の広い喫茶室で、季節に応じたトッピングのピザと、本店にしかない賞味期限二時間のお菓子やケーキを食べて至福の時を過ごした。

この店でピザを注文すると、まず大きなハサミがどん！　と出てくる。刃渡りがちょうどピザの半径で、好きな大きさに切れるのだ。気持ち良くジョッキリと切りながら「そうそう、ここは『帯広千秋庵』という店名の頃から、こういう新しい発想で私たちを驚かせてくれたっけ。六花亭になってからも、相変わらず新商品を続々と……」と思いかけてハッとした。

私がはじめてピザパイを食べたのは、ここ、つまり帯広千秋庵の喫茶室だったのではないだろうか？　ドキドキしながら調べてみると、当時珍しかったピザパイを喫茶室で出したのは、このあたりでは最初だったという記事を発見した。

お〜〜〜〜！　私はひとり静かに感動し、食べているピザをしみじみ眺めた。六花亭のピザは、生地はもっちり、チーズもたっぷりで、昔のピザパイとは違うけれど、それでもやはりちょっと小ぶりで軽くて、するっとお腹におさまってしまう。こういう旬の野菜がちょっとのったおやつ感覚のピザパイが、どこででも食べられればいいのになあ。カットしたものを温め直すのではなく、注文を受けてから小さな一枚を焼く、そんなピザパイを全国のカフェよ、ぜひ復活してほしい。

プリンはほんのり温かいうちに

表紙のプリンの絵があまりにも見事で、思わず手に取った。絵本『ポンテとペッキとおおきなプリン』は、二匹の野ねずみ、ポンテとペッキが野原へ遊びに出かける話だ。さっそくペッキが叫ぶ。「なにか　おちてるよー！」え！　それはまさか大きな卵で、野ねずみ二匹が大きなプリンを作る『ぐりとぐら』みたいな話？　と、先読みしたが、違いました。いきなり大きなプリンが落ちていたのである。

このプリン、食べごたえありそうな重量感があって、動物たちが思わず食べてしまった断面図を見ても、卵をたくさん使った本物のカスタードプリンだとわかる。いいなあ、大きなプリン。

私がはじめてカスタードプリンを食べたのは、いつだろう？　小さい頃、母が何度か蒸し器で作ってくれたけれど、肝心の味は覚えていないし、すごくおいしい！と感動した覚えもない。まだ卵や牛乳をおいしいと感じるほど食生活が欧米化していなかったからだろうか。

それがいつのまにか、自分で作るようになった。カスタードプリンは、卵と砂糖と牛乳だけで作る、すこぶる簡単なおやつだ。ちょっとしたコツはあるけれど、ざっと書くと……。

まず、砂糖と水を鍋でちょっと焦がして、カラメルソースを作ったら、容器に入れる。次に卵と砂糖を混ぜて、それに牛乳を加え、好みでバニラビーンズかバニラエッセンスを加えたら容器に入れる。あとは天板に湯を張って、オーブンで蒸し焼きにするだけ。茶碗蒸しみたいに蒸し器に入れてもオッケーだ。

漂う甘い香りに誘われて、できたてを食べたくなるが、プリンは熱々がちょっとおさまった頃の、ほんのり温かいのが一番おいしいと思う。冷やしたものと比べると、味も舌触りもぼんやりしているが、その優しい味がなんともいえない。

ちまちまと面倒な小さなカップよりも、大きな四角い容器でど｜んといっぺんに作る方がいい。四角いと切り分けやすいし、つまみ食いもばれにくい。

大きな長方形の容器に入ったプリンをはじめて見たのは、「ハイアニスポート」

という喫茶店だった。アメリカン・カントリーな店で、雑誌の「自由が丘特集」には必ず載っていた。

「あの、ガラスの冷蔵庫に入っている大きいのはなんですか？」

私はその店の常連だという、会社の先輩にたずねた。

「あれはプリン。プリンにする？」

どうしよう？　メニューには食べたことのないケーキがたくさん並んでいる。私は悩んだ末、はじめて食べるスコーンのセットにした。

その後、先輩は高知へお嫁に行ってしまったけれど、この店で何気なく教えてもらった「大人の女の十カ条」みたいなことはときどき思い出す。いかにも頑張っているお洒落《しゃれ》ではなく、常にさりげなくお洒落でいること。そのために努力は怠らないこと。下着と靴はいつでもいいものをetc……。

「ね、厨房《ちゅうぼう》にいるお兄さん、ちょっと渋くて素敵でしょ？」

先輩が小声でささやいたそのお兄さんは、私が何年かおきに立ち寄るたび、だんだん不機嫌なおじさんになり、渋さを通り越して怖さを増していき、いつのまにか閉店していた。プリンはいつもあるとは限らず、ほかのケーキがおいしそうだったりで、結局私は食べ損ねてしまった。

「あら、プリンって、カスタードプリンのことでしょう?」と小首をかしげて、カマトトぶってみたが、いやいや、あたしゃ昭和の生まれですからね。プリンといえば、ハウス食品の「プリンミクス」だったですよ。

粉をお湯に溶かしてカップに入れたら冷やすだけのインスタントプリン。粉末のカラメルソースも水に溶くだけの、ざらっとした甘いソースで、何度も指を入れてなめたものだ。冷蔵庫からプリンの入ったアルミカップを取り出し、失敗しないようにお皿にあけるのは、小さな楽しみだった。

その後、プラスチック容器に入ったプリンが発売されたが、カラメルソースがぬるっとしてるし、甘さがいつまでも舌に残るような気がして、私にはおいしいと思えなかった。

やっぱりプリンはプリンミクスだ。作っているときの、ふわあっと漂うあの香料が懐かしい。プリンミクスには、卵も牛乳も使われていなくて、ゼラチンで固めている。甘い香りもバニラではなく、バニラ風の人工的なものだ。なぜこれを、プリンと名づけたのか謎! ってくらいプリンとは程遠い。程遠いんだけど、夏の始めの頃、あのさっぱりとしたツルンとした舌触りの偽プリンが無性に食べたくなる。

さらふわかき氷に埋もれてみる

白状すると、私はお祭りでかき氷など食べれば、たちまちお腹を壊す胃腸の弱い子どもだった。鹿児島に住んでいた小学生の頃は、うっかり「白くま」を食べて、大変な日々を過ごしたし、カップ入りのかき氷「みぞれ」なども三分の一が精いっぱいだった。

そんな私が、十年くらい前から、うはうはとかき氷を楽しめるようになったのは、腹に脂肪がついたからだろうか？　うれしいような悲しいような体の変化である。

それでも子どもの頃、家庭用の小さなかき氷器はうちにもあった。私と妹が欲しがったのだ。一般家庭の冷蔵庫に、冷凍庫なんかついていない時代。霜だらけの狭い製氷室でやっと固まった小さな円柱の氷をガシッとはさんで、ハンドルを回して

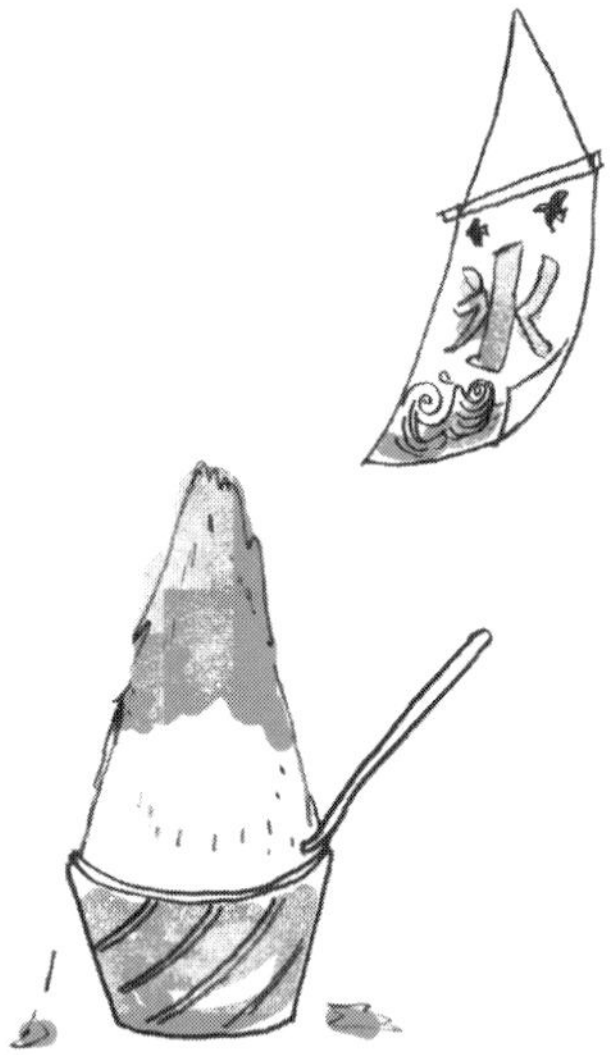

削っていくのだが、うまく削れないし、削るそばから溶けていくし、盛大に飛び散るしで、口に入るかき氷はほんのわずか。思えばお腹に優しいかき氷だった。

そんなわずかなかき氷にかけるのは、いちごシロップだ。当時、シロップは明治屋の大瓶しか売っていなかったから、いちごかメロンか新発売のレモンかでさんざん迷い、いつもいちごを選ぶことになる。真っ赤な液が、かき氷にかけた途端、華やかなピンクになるのは、まるで手品のようで、何度見てもうっとりした。

最近になって、あのシロップはいちごもメロンもレモンも同じ味、という衝撃の事実が話題になったけれど、そんなこととみんな薄々気づいてたよね。あれは白い氷が鮮やかな色に染まるってところがミソで、果物の味は想像で補うところなのだ。だってその後、登場したブルーハワイなんて、果物の名前ですらない。

そんなシロップが並んでいるかき氷屋が、佐々木マキの絵本『やまからきたぺんぎん』に出てくる。普段は山奥で、テレビを見ながらワインを飲んで魚を食べているペンギンが、かき氷を食べてみたくて、人が住む町に出かけていく話だ。

おじさんがひとりでやっている小さな店には、緑色のレトロな手回しのかき氷器があって、クーラーなどなさそうだ。私たちは、ついここを見逃しがちだが、クーラーは重要なポイントだ。

ジリジリと容赦なく照らす太陽と、アスファルトからの照り返しで、両面グリルになりそうな昼下がり。青波に「氷」の文字が赤く染め抜かれた幟《のぼり》に吸い寄せられるように入った店がひんやり涼しいと、生き返ったような心持ちになる。

汗を拭きながら、かき氷を頼み、しばらく待っているうちに、ちょっと冷えてきて、冷房対策用のカーディガンを羽織る。と、どーん！と予想外な大きさの、そして改めて見るとけっこうなお値段の宇治金時が登場。私ったらなんでこんなもの頼んじゃったんだろう？とさえ思う。そして食べきれない。かき氷をおいしく食べようと思ったら、心を鬼にしてクーラーなしか、ごくごく控えめな店に限る。

絵本に出てくるペンギンが、かき氷を注文して待っていると、まもなく氷を削る軽快な音がして、おそらく出てきたのは、さらさらふわふわのかき氷だ。

甘くて冷たくて、白玉もあんこもなにものっていないかき氷は、お腹にたまらない。食べているうち、暑さで沸騰したような体が、内側からゆっくり冷えてくる。が、食べ終わるとまたじわじわと暑くなってくる。だからこのペンギンは、何杯もお代わりしてしまうのだ。

そう、かき氷ほど「環境」が重要なおやつはない。

たとえば、炎天下の海水浴場にある、よしずがけの海の家で食べる氷いちご。発泡スチロールの器に入ったかき氷に、プラスチックの匙《さじ》をさくっと差し入れると、ほろほろっとこぼれる氷は、アルバイトの子が削ったから特別上手じゃないし、シロップも少なめだけど、波の音や真っ白な入道雲効果もあって、しゃりしゃりとおいしく食べられる。

最近のかき氷界は、天然氷に果物を煮詰めたコンフィチュールをかける店や、韓国や台湾スタイルなど、夏ごとバリエーションが豊かになり、行列も長くなっているようだ。

酷暑の中、わざわざ長時間並んで、かき氷をよりおいしく食べるという作戦もありかと思うが、私はどうも並んでまで食べようという気になれない。かき氷で有名な店がたまたま空《す》いていたので入ったこともあったが、期待が大きすぎたせいか、それほどとは思わなかった。

それより「暑い。のどかわいた。かき氷食べたい！」が最高潮のとき、自分の勘で選んだこぢんまりした店に入って、「氷がふわふわだ」「真ん中にもコンデンスミルクが入ってるよ」なんて、ニヤニヤしながら食べる方がいいなと思う。

おねだり女のアイスクリーム

「あ！　なんかあたしー、急にハーゲンダッツ食べたくなった」

と、若い娘の声が聞こえた。大発見でもしたような得意気な声には、「ガリガリ君」とか「雪見だいふく」ではなくて、ちょっとお高い「ハーゲンダッツ」という響きに酔いしれているところもありそうだ。

「食べたーいー。ハーゲンダッツ、食べたーいー」鼻にかかり、腹から出たやたら響く声に振り返ると、コンビニの前に男女各二、三人のグループがいて、二十歳前後とおぼしき太めの女子が「ハーゲンダッツ、ハーゲンダッツ」と騒いでいる。

お酒を飲んで人心地つくと、アイスクリームを食べたくなるときがあるが、飲んだあとなのだろうか。だとしても黙ってとっとと買えよ！　と思うが、どうやらそ

の子は酔っているわけではなく、隣の女の子に言っていると見せかけて、実は前にいる男子に訴えているようなのだ。しかし彼は友達としゃべっていて、聞いているのかいないのかわからない。彼が「じゃあ、買ってやるよ」と言うのを待っているのか？　「アイス買って〜」と甘えるかわいい女を装っているのか？

この「おねだり」てえのが、あっしには、さっぱりわからねえのでござんす。と、なぜか渡世人の口調になる私だ。

二十代前半、私は会社の同僚とふたりで香港に行った。帰りの飛行機は、私の左隣に同僚、右隣は縞のスーツを着た日本人男性だった。腕には、ブレスレットとロレックスの時計がキラリと光っている。時はまさにバブル期（古い話でごめんなさいよ）。こういう人の傍らには、派手な化粧をした髪の長い女性がいるのが常だが、そのときはいなかった。

縞スーツが機内ショッピングカタログをぱらぱらめくりだした頃、同僚がそわそわしだした。そして私に小声で「ねえねえ『それ買って』って言おうよ」と言うのだ。「え！」と、私はまず彼女の顔を見て、それから隣で開いているカタログを横目で見た。化粧品のページで、色とりどりのアイシャドーがずらーっと並んでいる。

私たちは香港の免税店で、大量の化粧品を買ったばかりなのだ。しかも見ず知らずの、おそらくそのスジの男性にゆすりタカリを試みようというのか！　だが、同僚の言い分はこうだ。「あれは私たちにおねだりしてほしいサインなのだ」と。なるほど、そう考えれば「おねだり」もできるものかと妙に感心したが、もちろん私は「なに言ってんのよ。彼女へのお土産を選んでいるだけだよ」と言って、いつまでも体をくねらせている同僚を黙らせた。

女に限らず、甘えておねだりできる人は得だと思う。もし、男性が私になにかを買ってくれたとしよう。そんなとき「ありがとう！」と喜んでかわいくすり寄るぐらいのことができたなら、私の人生は変わっていたと思う。が、それができない。「そ、そいつぁいけねえ。払います。払います。い、いくらですか」とバッグをごそごそやって財布を出すだろう。男がそんな展開に面喰《めんくら》いつつ「プレゼントなのだから」と、なだめたとしても、おそらく私は「お返ししなくては。これと同程度のものを買わなくては。早急に！」と、小鼻が膨らみ、眉間にしわが寄るだろう。これじゃあ女としてかわいくない、と今なら思える。が、人に甘えることが、あっしにはできねえのでござんす。

こんなあっしが勧める絵本は『アイスクリームの国』だ。作者は、スタンリー・キューブリックの映画『時計じかけのオレンジ』の原作者としても有名な、アントニー・バージェス。

飛行船に乗って、アイスの山々を眺めながら着陸したのは「野生のアイスクリームの国」という話。なにしろ「野生」だから、アイス食べ放題の夢のような国ではなくて、アイスを食いまくる怪物や、人食いアイスも登場する緊張感あふれる話なのだ。飛行船からチョコアイス、ヴァニラアイス、ピスタチオアイスの山々を眺め、降り立ったアイスの国で、隊員たちはまず、足元のアイスの味を確かめる。

「とてもおいしくて、ナチュラル。人工食材まったくなし。ほのかにブルーベリーのあざやかな風味がかんじられる、ヴァニラ味です」。探検日誌のような文章と、丁寧で素っ気なくて、どこかとぼけた絵。そのシュールさが薄ら怖くて、妙に忘れられない絵本だ。

くだんの「ハーゲンダッツ」女と、野生のアイスの国に行って対決したら、私と彼女のどちらが勝つだろう。

「はっはっは。ハーゲンダッツはないが、アイスならふんだんにあるぞ！」と、仁王立ちの私。女は「やーだー。さむいー」とわめく。

「うるさい！　これ着なさい」と、つい上着を貸して、私は凍死するかもしれない。甘えられる女に、私はなりたい。

ときめきのパフェ道

パフェとは、もともとフランス語で「完全」を意味する「パルフェ」からきた言葉だ。つまり「完全なるスイーツ」だ。でもフランスのパルフェは、濃厚なアイスクリームのような氷菓で、グラスに入ったもりもりの「パフェ」は、日本独特のものらしい。

昔ながらのチョコレートパフェに、抹茶パフェ、色鮮やかなミックスフルーツパフェ、旬の果物一点勝負のマンゴーパフェ、はたまた、ティラミスパフェやチーズケーキパフェまで。パフェの種類はこのところますます増え、進化しているが、どんなパフェもガラスの器に入っていることには変わりない。それでもいざ掘り出してみると、「中にもシャーベット」「栗が入ってた」なんて楽しみがある。

パフェの甘い地層を描いた楽しい絵本がある。『いちごパフェエレベーター』だ。表紙はパフェの断面図で、真ん中がエレベーターになっている。パティシエの案内で、材料たちが自分の降りるべき階まで登って行く。最上階は「なまクリームのうみ」。その上は、いちごさんだけのための展望台だ。

おいしいパフェは、上から順に食べられていくことをうまく計算してある。果物の甘酸っぱさ、相性のいいクリームやソースの甘さなど、味、食感、リズム。もちろん全体のルックスも、サプライズ要素も大切で、さまざまなセンスを問われる仕事だ。そんな完全（パルフェ）なパフェを作れる人には、もっと特別な称号があってもいいと思う。

高校生の頃部活の帰りに、よくチョコレートパフェを食べに行った。喫茶店のマスターが作る「チョコパ」は、ごっついパフェグラスの底にコーンフレークス、バニラアイスと生クリームの上からチョコレートソースをかけた古典的なタイプ。バナナと缶詰のチェリー、ポッキーチョコが一本ささっていたと思う。あっというまに食べ終え、先輩のおごりじゃなければ、お代わりしたいほどだった。

それがいつの頃からだろう？　パフェを食べるのに決断が必要になった。パフェが豪華になったこともあるし、私が年をとったこともある。生クリームやアイスクリーム、シャーベットの大量摂取は、胃腸に打撃を与えるため、気候や体調、今後のスケジュールと相談することになる。

数年前の夏、喉がかわいてふらっと入ったタカノフルーツパーラーで、きれいな写真につられ、予定外のフルーツパフェを注文した。と同時にパフェが運ばれてきた。「早っ！」と喜ぶと、それは隣人のパフェだった。六十代後半の上品なマダムが、同じ並びのソファに座っている。まもなく私の前にもフルーツパフェ登場。その華やかさに興奮し、写真を撮りまくってからよく見ると、アイスクリームとシャーベットが三つも入っている。しかもずい分と大きい。

隣のマダムを横目で見ると、フルーツと生クリームだけ食べて、器をすっと遠ざけた。潔い！というか、もったいない。でも無理して食べてお腹をこわすよりスマートか。うーん、見習いたいが、どうしよう？ 結局、私は時間をかけてちびちび食べ、途中で降参した。パフェ道にはずれた最悪な食べ方だ。

「パフェを食べる」は「舞踏会に行くわ！」ぐらいの昂揚感で臨むと楽しい。せっかくだから女子らしい服装で。パフェが来るまで、そわそわして待つ。運ばれてきたパフェには「すっごーい♡」「きゃ、素敵」などと必ず声を発し、喜びと驚きを表現して、なんかのホルモン（大雑把《おおざっぱ》だな）も出して、女を上げるといい。話に熱中したり、パフェ評論などぶつのは野暮だ。パフェを自分でアレンジできる店もあるけれど、花束をもらったときのように、思いがけない華やかさや盛りの良さに驚いたり感激したりするのも、パフェの楽しみだと思う。

雑誌の編集をやっていた頃、「おまかせパフェ」を食べたことがあった。エッセイストの開高道子さんにインタビューしたときだ。指定された茅ケ崎の駅ビルにある「つばめグリル」で待っていると、開高健にワンピースを着せたようなかわいい道子さんがあらわれた。「父が、おまえは俺にそっくりだから、うちの門の前で目印に立ってろ、なんて言うのよ」などと話しながら、さくさくと著書にサインして、本をどっさりプレゼントしてくれた。

そうこうするうち、彼女があらかじめ電話で頼んでおいたという「本日のパフェ」が出てきた。メニューにパフェはない。オリジナルを頼むなんて、さすが開高健と牧羊子の娘だと恐れ入った。たしかライチとキウイ、それにカシスのシャーベットが入っていたが、新米編集者に、じっくり味わう余裕などなかった。

開高健が亡くなった何年かあとの朝刊に、彼女が電車に飛び込んだ記事を目にした。あの日、面倒くさそうにパフェの内容を説明する年かさの店員と、子どもみたいに無邪気な顔でパフェを食べる道子さんを思い出した。

ポップコーンはへっぴり腰で

「ノラネコぐんだん」は、悪カワイイ猫たちのすっとぼけ具合が、とってもナイスな絵本シリーズだ。

中でも『ノラネコぐんだん　きしゃぽっぽ』は、スタートからスピード感あふれる展開で、まるでスリリングな映画を観ているようだ。クライマックスは（大丈夫。知っていても十分楽しめるから）汽車にどっさり積み込まれていたとうもろこしを、ノラネコぐんだんが「やきとうもろこしに　しよう」と、石炭がまに全部放り込むところ。

「ガッタン　ガッタン　ポンポンポン！」という音に「なんのおと？」と、手を止めるノラネコたちだが、石炭がまの音はすぐに「ポン！　ポン！　ポン！　ポン！

ポンポンポンポンポン　ポポポポポポポポポ……」となり、私たち読者が、この音はもしや、もしや……と思いながらページをめくると、「ドッカーン‼」。

読み聞かせなら、ドッカーンにいく前に手を止めて、もったいぶりたいところだ。

絵本の魅力って、現実にはあり得ない、見られない光景の、面白さや爽快感を、自分のペースで楽しめることだと思う。

蒸気のごとく盛大に吹き上げられるポップコーン。降りしきるポップコーン。大量のポップコーンに埋もれたノラネコぐんだんや汽車。私もポップコーンの生き埋めになった幸福感にしばし浸る。

「ポン！　ポン！」の音で「もしや？」と気づくのは、ポップコーンを鍋で作った経験があるからだろう。作りませんでした？　私は子どもの頃、妹とふたりで作ったなあ。

「このくらい？　もうちょっと？」なんて言いながら、鍋にカラカラカラと、乾燥とうもろこしの粒を入れ、油をひたひたに注ぐ。塩を入れてふたをして、ガスの火をつけ、ドキドキにまにま待つこと数分。決して開けてはならない鍋のふたは、緊張のあまり必要以上の力で押さえつけていた。

最初はかすかな手ごたえと小さな破裂音。「きた！」と、妹と顔を見合わせる。

はじける音はしだいに激しさを増し、へっぴり腰で、中からの圧力に負けないよう、鍋のふたを押さえる手に一層力を込める。そしてとうもろこしがひと粒残らずポップコーンになるようひたすら鍋を揺すった。

やがて静寂が訪れるのだが、ここで油断してふたを開けてはならない。開けようとすると決まって「ポンポン！」と音がしてびっくりするのだ。が、あんまり様子をうかがっていても焦げてしまうので、火を止め、おそるおそるふたを開ける。黄色いパラパラのとうもろこしの粒が、鍋いっぱいの白いふわふわポップコーンになっている不思議。それにしても、たったこれだけのことで、よくまあハラハラどきどきビクビクしていたものだなあ、小学生の私。いや、中学生だったかも。

その後、火にかけるフライパンの形のアルミ製ポップコーンが出たが、それにはあらかじめ、とうもろこしも油も塩も入っていて、鍋のふたを押さえつける必要もなくなり、肝心のスリルが（肝心だったんかい！）なくてもの足りなかった。

それから時は流れ、せいぜいアメリカ風に上から溶かしバターをかける程度のバリエーションだったポップコーンに「キャラメル味」が出現した。最初の出会いはディズニーランドだったと思う。でも味は……。魅惑の香りの印象が強すぎるからか、夢と魔法の国での出来事だからか、うまく思い出せない。

その後、しばらくしてやってきたのが、行列するポップコーン時代だ。珍しいからってポップコーンに長時間並ぶか？　と思っていたが、いやいや、おいしいんだわ（ただし湿気ったものは悲惨なので、缶入りや密封したものを勧めます）。今や、ポップコーンといえば、このフレーバーのバリエーションが豊かな大粒タイプが主流だが、そうなると白くてちっちゃくて、ふわふわと頼りないかすかな塩味のポップコーン、オーソドックスなあの味が懐かしくなる。

さて、ノラネコぐんだんが大量に作ってしまったポップコーンは、最終的に野外映画会へ運ばれていく。夜の草原に座る観客の傍らに大きな紙バケツ山盛りのポップコーン。

そうそうポップコーンといえば映画、映画といえばポップコーンだよね。映画館に入ればポップコーンの香ばしい匂い。ポップコーンをつまみながら観るにふさわしいのは、アメリカのB級コメディーだ。くだらないジョークに笑い、ちょっとだけドキドキして、最後はああ良かった、と幸せな気分になって、すぐに忘れちゃうような映画が、ポップコーンにはぴったりだ。

秋

月餅に訊け

『お月さまってどんなあじ?』という本がある。くしゃっとした紙に描かれた水彩画が幻想的で美しい絵本だ。

動物たちが、月の味を確かめようと高い山に登る。届かないので、カメの背中にゾウが乗り、その上にキリンが乗り……。とうとうてっぺんに乗ったねずみが、油断していた月を「パリッ!」と割る。見開きいっぱいの白い月と、月の端を割って、かじっている小さなねずみの絵。さて、問題は次の文章だ。

「お月さまは、なんともいいあじでした。」

はあぁ? 「なんともいいあじ」ってなに? 読み進めると、ねずみが他の動物たちに、月をひと口ずつ分けてあげたらしい。

「お月さまのかけらは、みんながそれぞれ、いちばんすきなもののあじがしました」

はっはっは。こりゃ一本取られましたな、と額をぺしっと叩くほど私は大人じゃない。タイトルが「どんなあじ?」だ。さあ、どんな味だどんな味だと、ここまで引っ張っておきながら「みんながそれぞれ」たぁ、どういう了見だ。私は憮然《ぶぜん》としたままページを開く。

「そのよるは、みんなでいっしょにねむりました。」

寝るなー! みんな起きろ! 起きて、月がどんな味だったか、どう思ったか話してくれ。

と思うのは、私だけなのだろうか。この絵本の一番のツボは「みんながそれぞれ」というところらしいのだ。解せない!

月の餅と書いて「月餅《げっぺい》」という中国菓子があるが、日本ではどちらかというと、あんまりぱっとしないお菓子だ。そういえば月餅なんてものがあったなと思うのは中華街に行ったときぐらいだし。試しにまわりの人に聞いてみると、「月餅……。たぶん食べたことあるけど、どんな味だっけ」とか「月餅ってなんだっけ」という頼りない答えが返ってきた。

こんがり焼けた薄い皮には、ありがたそうな漢字が刻印されていて、「餅」と書くが、日本ならカテゴリーは「饅頭《まんじゅう》」だろう。中身の代表格は、ごまあんだろうか。ごまあんってのは、ほら、あんまんに入っているごま風味のあんこ。その水分を飛ばしてずっしり重く固くなったあんに、くるみや松の実などを入れ、ラードと砂糖が入っていたりするため、日持ちも腹持ちもするのだけど、そのかわり、食べ過ぎると胸焼けする。

そう、月餅の問題点は、カロリーの高さと胸焼けなのだ。そのイメージを払拭するためか、最近は小さくて上品なサイズで、味もさっぱりしたものが出ている。よく見ると、表面のデザインもお洒落《しゃれ》でかわいい。

他にも栗の甘露煮入り、シャリシャリのココナツあん、蓮の実のあん。それからアーモンド、ピーナツ、くるみ、ごま、かぼちゃの種などがびっしり詰まったあまり甘くないタイプのもの。マンゴー、クランベリー、無花果《いちじく》などの果物系。高級さで競う、ふかひれやあわび入りなんかもあるらしい。

たくさんあるので迷うけれど、オススメは？ とたずねられたら、うーん、木の実びっしりも捨てがたいが、やっぱり小豆あんにあひるの卵黄の塩漬けの入ったものだな。これはナイフを入れて半分に切ると、黒いあんにくっきりした黄身が映えて、まさに夜空に浮かぶ満月。甘いあんに卵の黄身のほのかな甘みと塩味がアクセントになる。

月餅は、鉄観音やジャスミン茶、凍頂ウーロン茶のような上品な香りのものではなく、粗雑で力強いプーアール茶なんかが合う。

中国では、お月見にはなにはなくとも月餅らしい。ひと抱えもあるビッグサイズ、あるいはきれいに積みあげられた山盛りの月餅。ダイナミックで素敵だ。古くから中国では中秋節が近づくと、お世話になったあの方や親しい人に月餅を贈り合うそうだ。

バレンタインやホワイトデー、ハロウィンなど、お菓子に絡めたイベントが好きな日本なのに、どうして中秋の月餅を仕掛けないのかなあ?

いや、別に仕掛けられなくてもいい。中秋の名月の頃には、中華街にはたくさんの種類の月餅が出ているはずだ。友達と買い出しに行き、夜は名月を愛《め》でながら、月餅を少しずつ切り分ける。そしてみんなで「それぞれ」の味を食べ比べしようではないですか。

威勢よくせんべいをかじる

私の知り合いで「迂闊《うかつ》」なことにかけては右に出る者がいない、と思われる人がいる。その人と浅草で待ち合わせした。十五年ほど前のことだ。

待っていると電話があり、少し遅れると言う。携帯電話の番号だったので、到着したウカツさん（仮名）に、「携帯、買ったんですか？」とたずねた。少し前、愛人との連絡に使っていた携帯を、妻にへし折られたと言っていたからだ。

「へ？　ケータイ？」

ウカツさんは、ポッポーとでも鳴きそうな顔でとぼけている。

「携帯からの電話だったから」

「公衆電話からかけたんだけど……」

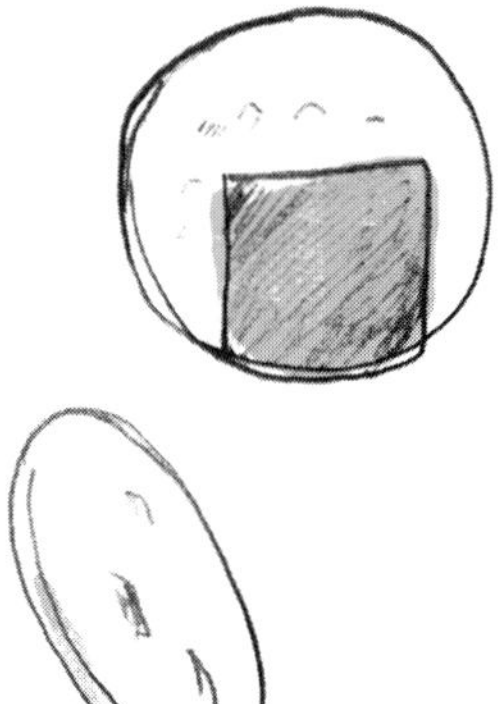

語尾が聞こえない。

「でも090でしたよね？」

「ゼロキューゼロ？」

十五年前でも番号表示を知らない人はいなかったと思うのだが、私はウカツさんにそれを説明した。ウカツさんは「あ」の口のまま動かない。おそらく頭の中を、さまざまなマズイ記憶が走馬灯のように駆け巡っているのだろう。

用事がすんで、仲見世通りを戻るとき、ウカツさんは「ちょっといいですか？」と言って、和傘が並ぶ店に入った。真っ赤な和傘をプレゼント用に包んでもらっている間、にやにやしているウカツさんに、私は意地悪を言ってみた。

「ほお、プレゼント。妻に、ではないですよね？」

「……いえ。妻に……」

目が泳いでいる。

「じゃあ、今度奥さんに会ったら、赤い和傘、使ってますか？　って訊《き》こうかな」と、言い終わらないうち「それはやめてください！」。返事、速い！　そして、なんと、なんと、ウカツな男だろう。私がおしゃべりなのは有名なはずなのに。

店を出て、うきうきしているウカツさんを横目で見ながら歩いていたが、「おせんべ、買ってください」私はそう言って、せんべい屋の前で立ち止まった。店先ではおじさんが焼きたてのせんべいを売っている。なぜとっさにそう言ったのか、今考えるに、私は次々と秘密を知らされて、それらを抱えているのが重たくなったのだろう。

「おせんべを？」

「口止め料です、安いけど。はい、百円！」

掌《てのひら》を差し出したとき、いやいやがま口を開いたウカツさんの顔を私は忘れない。金を出すメリットのない女には十円だって払いたくはないといった見事な渋りっぷりであった。

ケチ！　百円で黙っていてやるという男気あふれる粋な計らいじゃあないか！

私はぷりぷりしながら、焼きたての丸いせんべいをバリバリ食べた。味も香りも記憶にない。まったくもってもったいない食べ方だったと思う。

本来ならば、せんべい屋でせんべいを焼いていたら、まずはあの香りにふらふらと吸い寄せられてしまうものだ。米と醤油《しょうゆ》の焼ける香ばしい匂いは、日本人の遺伝子に「魅惑の香り」として組み込まれている。

おじさんがひとりでせんべいをひっくり返している。近寄ると目を上げずに「何枚？」と聞かれて、「一枚。すぐ食べます」と答える。小さな紙袋に半分顔を出したせんべいを渡され、さっそくひとくちかじれば、快い歯ごたえとともに米の香ばしさ、そして舌に触れる醬油の味がうれしくて、ほくほく顔で歩きだすことになる。

絵本『よりみちせんべい』でも、ねじり鉢巻きをしたおじさんが、せんべいがそっくり返るのを押さえるコテを手に、せんべいを焼いている。せんべいが入った大きなガラス瓶が並んでいる昔ながらのせんべい屋だ。学校帰りの子どもたちもそりゃ寄り道するだろうなあ。私も子どもだったら、匂いだけでもかぎに行ったと思う。『よりみちせんべい』の、丁寧に描き込まれているが大胆な絵は、よく見るとすべて版画で、全体から醬油の香りが漂ってくるような色合いだ。

しかし私がこの絵本で目が釘づけになったのは、ラストに出てくる「おせんべいちゃづけ」だ。パキパキパキと厚焼きせんべいを割って、ご飯の上に乗せ、お茶をかけている。ああっ！　こんな食べ方があるのか。真似しようと思いつつ、案外チャンスがなくていまだ試みたことがない。

そういえば私は、ウカツさんのあの日のことを一体どれだけの人に話しただろう。ずいぶん言い触らしたと思う。ま、せんべい一枚分の口止め料だからな。

二宮さんちのクッキー

小学二年のときだった。学校から帰ると母がいなかった。私がいつもより早く帰宅したのか、妹の幼稚園の行事などで母の帰りが遅かったのか覚えていないが、それは私にとってはじめてのショッキングな事件だった。

鹿児島市内の四階建てアパートの社宅。二階の家のドアの前で、中に入れないでいる自分を、私は人に見られたくなかった。たかだか五分ぐらいだったと思うが、人が通るたび「今、ちょうど到着し、ドアを開けようとする瞬間」を演じた。

でも二宮君には見破られてしまった。二宮君は五年生で、三階に住んでいた。無口なひとりっ子で、アパート内の小学生が遊ぶ群れに決して入らない男子だった。

二宮君は様子がおかしいと思ったのだろう。ゆっくり二階を通過して、三階への

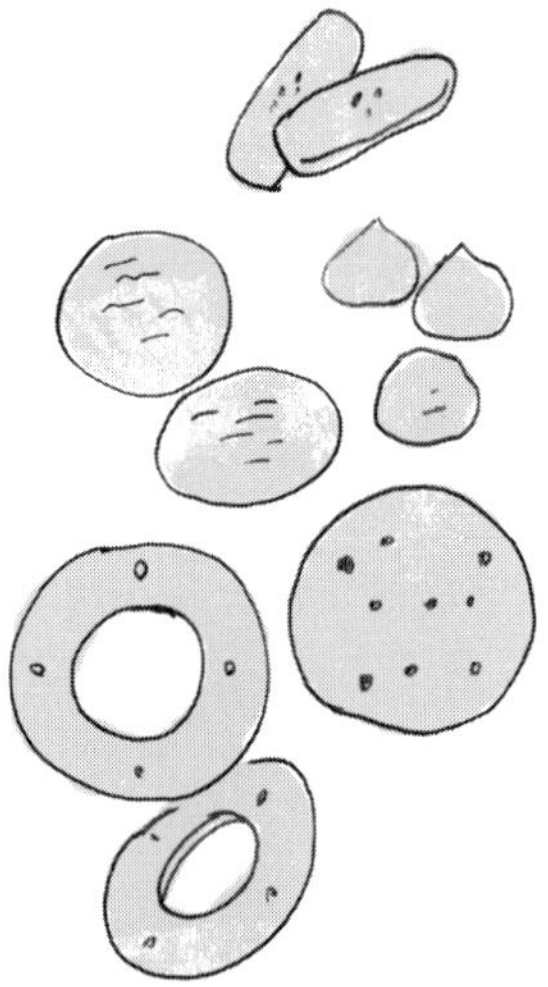

階段を上りかけ、戻ってくると、静かな声で言った。

「いづみちゃん……。お母さん、いないの？」

途端にこぼれた涙を見られまいと、私はそっぽを向いたままうなずいた。我ながら情けない子だ。そんな子が産んだ子、つまりうちの長女は、小学一年の遠足の日、家に帰ったら誰もいないので、玄関の前にピクニックシートを広げて、寝転がって鼻歌うたいながらお弁当の残りのリンゴを食べていた。あっぱれである。

さて、二宮君に手を引かれて、私はとぼとぼ階段を上り、二宮宅にはじめて入った。そこはうちと同じ間取りとは思えない、全体的に黒っぽい大人の雰囲気だった。

「お母さんすぐ帰ってくるわよ。テレビ見る？」

二宮母は早口でそう言うと、私をふかふかのソファに座らせ、テレビのスイッチを押した。カラーテレビだ！　私は心の中で「さすが東京！」と感動していた。

私の父は東京を振り出しに、大分、大阪、鹿児島と転勤したので、東京からしばらく遠ざかっていたが、二宮家は東京から鹿児島に来たばかり。アパートで唯一自家用車を持つ（真っ赤な車だった）、東京の薫りが漂う一家だった。母はなにかというと「さすが東京の二宮さんね」と感心したが、母も東京出身だ。そう言うことで、同時に自分も持ち上げていたのだと思う。

私が「これがカラーテレビか！」と見入っていると、小皿にいくつかのクッキーと、きれいなガラスのコップに入った牛乳が運ばれてきた。こんな接待を受けたことのない私はドギマギした。緊張しつつクッキーを口に入れ、さらに大きな衝撃を受けた。こ、これは！　今までの人生（七年程度だが）で味わったことのない味。なんなんだ、この味は。このおいしさは。

私が無言ながらも大感激して家に戻り、真っ先においしいお菓子の話をしたことがすぐ二宮母に伝わった。「あら、そんなにおいしかった？　今度また姉に送ってもらうわね」と言ったらしいが、そのチャンスは訪れないないまま、父が転勤になり、うちは東京に引っ越し、その後、北海道を経て、名古屋に引っ越した頃だ。

高校生だった私は頂きものの泉屋のクッキーの中に、とうとうそれを見つけた。あの日以来、それらしきものはできる限りチェックしていたので、もしやと思ってまっ先に食べた。「この香り、この味、これだ！」。黒っぽくて小さい、その名もBSロックというクッキーだった。BSとはブラウンシュガーだろうか？　黒砂糖とシナモン、細かく砕いたピーナツやクルミが入っている。

紺に白い浮き輪マークの「泉屋東京店」のクッキーは、今でこそどこのデパ地下にもあり、一種類ずつのパックも売っているけれど、昔はクッキーそのものが珍しく、シックな缶に入ったさまざまなクッキーは、酒落《しゃれ》た東京土産だった。

クッキーは、特に詰め合わせは、つい食べ過ぎてしまうので危険だ。まずひと通り全種類を食べる。もう一個ずつ食べる。三個ずつ残す作戦に切り替える。開けてすぐ食べるのが一番おいしいし、これっぽっち残してもしょうがないし。結局全部食べる、という地獄の展開になりがちだ。

がまくんとかえるくんという、二匹のかえるの友情を描いた本、『ふたりはいっしょ』の中の「クッキー」という一編は、まさにクッキー地獄にはまる話だ。がまくんが作ったクッキーを食べるのがやめられなくなり、かえるくんは「いしりょくが　いるよ」と言う。かえるに言われたくないが、そうなんです。結局のところ、意志が弱いのだ。

だから彼らが試みたように、クッキーを少しだけ小皿に入れて、あとは別室の取り出しにくい場所にしまっていったん忘れる作戦を試みる。しかし、この食べ方では、やっぱりなんだかもの足りない気がする。

クッキーは、自分の意志の弱さを嘆きながら、あとひとつ、これで最後、と食べ続け、自己嫌悪に打ちひしがれ、ああ、ダメな私……と嘆きつつどんどん食べていくのが最上の食べ方だ。たぶん。

マロンシャンテリーの「おほほ」な気分

秋になると「栗を食べなくちゃ」とそわそわするのはなぜだろう？　冬眠する前に焦って食べていた記憶が遺伝子に残っているのか？　ヒトは冬眠せんわ！　と、ひとりボケツッコミをしながら、デパ地下が中津川の栗きんとんでにぎわっているのを眺め、大阪・庵月堂の栗蒸し羊羹《ようかん》などを思い出してそわそわする栗の季節……。栗のお菓子をざっと見回すと、栗のそこはかとない風味を活かすため、栗そのままに近いシンプルなものが多い。

でも栗そのままといっても、栗は面倒なやつだ。第一、栗の実はトゲトゲのイガに包まれていて、取り出すところから手がかかる。何年か前、長崎の田舎で栗拾いをしたとき、みんなでイガを足で踏んで押し開き、実を取り出す原始的な作業に取

り組みながら、知能が発達した人間でもこんな原始的なやり方しかないのか、とあ然とした。

栗ごはんでも作ろうかなと買った栗も、皮むきが面倒で、しばらく放置した末、茹《ゆ》でることになりがちだ。しかしこれもまた、皮をむくのが面倒くさい。だから、テーブルの上に茹でた栗をどんと置いて、食べたい人は各自むいて食べる方式にすると、これがなかなか減らないのだ。うちの家族が全員面倒くさがり屋だからだろうか。昔のように一家団欒《いっかだんらん》でおしゃべりしながら、テレビを見ながら、なんとはなしに手を伸ばして栗をむいて食べる、というシーンはなく、だいいち、スマホ片手じゃ栗もむけない。

栗の皮をむくなんて、アタクシそんなことは何も知らないんですのよ、という貴婦人な気分で、ここ何年かは、秋になるとホテルグランドパレスにマロンシャンテリーを食べに行ってるんですの。おほほほ。

「マロンシャンテリー」という響きだけで相当気取った気分になるが、ホテルのカフェで、ウエイターが仰々しく運んでくるマロンシャンテリーの純白な姿は、高貴な方が召し上がるもの、という趣だ。

「シャンテリー」とはシャンテリークリームのことで、泡立てたクリームの意味。

マロンシャンテリーは文字通り、栗とクリームだけのシンプルなお菓子だ。ドーム状に盛られた生クリームは細かい模様が寸分の狂いもなく見事で、しばし見入ってしまう。

思いきってひと匙《さじ》すくうと、中には黄金色に輝く栗のペーストがたっぷり隠されている。下には薄くスポンジが敷かれていたかもしれないが、まさに生クリームと栗のハーモニー。シンプルなだけに、バランスが難しいお菓子だと思う。

昔は喫茶店のケーキメニューにマロンシャンテリーはよくあったけれど、最近はあまり見なくなった。それにひきかえ、いつでもどこでも見かけるのがモンブランだ。あの細いうねうねは、一体どうやって作っているのだろう？ と、小さい頃から気になっていた。

細い絞り口でうねうねうねうねやっているんだろうかと思ったら、ペーストをどわーっとたくさん押し出すところてん突きみたいなのがあり、栗の産地として有名なスイスでは、どこのご家庭にも必ずあるんだそうだ。いいなあ、スイス。

そのところてん突きで絞り出した本物の栗のペーストを、生クリームやアイスクリームと合わせた「モンブラン」的なものが、スイスでは「ヴェルミセル」と呼ばれているらしい。それから、栗のペーストの上に、砂糖も入れず泡立てもしない生クリームをかける、素朴な家庭的おやつがあると知った。おー、それこそ「ウルスリのすず」に出てくるマロンシャンテリーだ。
「ウルスリのすず」は、『アルプスのきょうだい』という本の中の一編で、原作が出版されたのは一九四五年。スイスの山に住むウルスリという元気な男の子の話だ。すったもんだのあと（ざっくりしすぎ？）、男の子と両親とで山盛りのマロンシャンテリーを食べる幸せなシーンで終わる、と長年思っていた。

しかしこのたび、「マロンシャンテリー」を調べてみると、意外なことに日本のレストラン「東京會舘」が元祖だという。それじゃあ東京會舘はスイスの家庭料理をアレンジしたってこと？　と思って、改めて絵本を見れば……。

「おかあさんは、むしたてのクリに、クリームをいっぱいかけて、もってきました。こんなに、たくさん！」

と書いてあり、絵をじっくり見ると、大きなお皿にたくさんの栗。そしててんこ盛りの白いクリーム。なんと「むしたてのクリ」は、ペーストしていない、ころんころんした栗だよ。全然マロンシャンテリーじゃなかった。

あー、でも蒸した栗にクリームとは。茹でるより、おいしそうだ。次の栗の季節にはぜひやってみよう。

森の木陰でどら焼きを

『どんぐりどらや』という絵本は、森の奥で、大小さまざまのどんぐりたちが歌いながら、どら焼きを作っている、というお話。主人公のアキオは、秋の森を「しゃく、しゃく、しゃく」と枯葉を踏みしめて、その森の奥に入っていく。そう、どら焼きがおいしいのは、肌寒い秋の午後。

この間、上野に行った帰り道。「夕方だけど、まだどら焼き売ってるかしら?」と「うさぎや」まで足を延ばしたら、運よくできたてのどら焼きが手に入った。ほくほく顔で店を出て、ずっしり重い(買いすぎや!)包みに触れると、ほのかに温かく、ふわんと甘い香り。

だが、その幸せの瞬間から葛藤が始まる。「今すぐ食べたい」「いやいや、家に帰

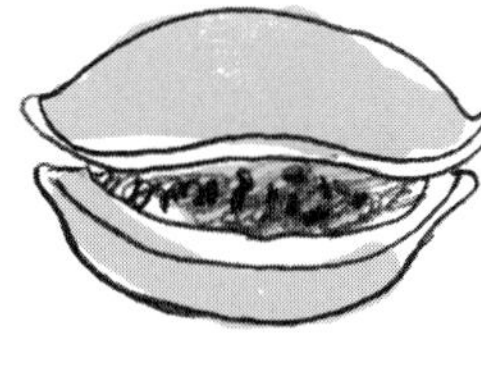

るまで我慢しようよ」「でも、せっかく焼きたてなのに」「いい大人が立ち食いかい!」「だけど家に着いた頃には冷めちゃうよ。おいしいときに食べなくちゃ」「お行儀が悪いよ!」「だってだって食べたいんだも〜〜ん」。脳内ではいつのまにか大人と子どもの言い争いになっている。

とうとう食い意地には勝てず、駅のホームで荷物を置き、「電車が来る前にひとかじり」と、ビニール袋の中で、包み紙にくるまったどら焼きを急いでひとつ取り出そうとするが、これが……なかなか……難しくて……。もたもたしているうちに電車が来てしまった。

その後、何度も袋をのぞき込み、魅惑的な香りを吸い込みながらどら焼きのしっとりふっくらした皮の感触や、たっぷり入ったやわらかなあんこを思って悶絶《もんぜつ》したが、帰りのラッシュの山手線内では、さすがに「せめて途中でひとくち」作戦はあきらめた。

ああ、これが浅草「亀十」のどら焼きなら、浅草という町の雰囲気に助けられ、すぐさま包みを開けて食べたのになあ。

最近は、ぱくっと口に入れても目立たない、小さなサイズのどら焼きをよく見かける。大きいのは食べられないけど、小さいのならちょっと食べたいわあ、という需要があるのだろう。

だが、あんなのはわしに言わせりゃ、どら焼きとは呼べんな。どら焼きは直径がそうさなー、最低でも八十五ミリはほしい。しっとりふわっとした皮を両手でつかんで、その手触りごと味わいたい。そりゃあ昔はわしも（誰なんだ？　さっきから）、若さに任せて食後にふたつくらいは軽くペロリとたいらげたもんだが、さすがに今は……。食べられはするけど、できればおいしく食べられるときに、おいしく食べられる量を、と思う。皮に膨らし粉が入っているから「しまった、食べすぎた！」が時間差攻撃でやってくるのだ。

「どら焼き、いかが」と勧められて「二個食っていいっすか」ではなく、「そうね、半分なら……」。そんな、大人のせりふを言ってみたい。わきまえを知った大人の女の台詞。そんなことをときどき考えていたのだが、それを言えるチャンスがやってきた。

女五人で食べてしゃべって、さて、そろそろ片付ける？　ってときに「どら焼きがあったんじゃない」と言いだす。私が。いや、さっきから何度か言っていたんだけど、おしゃべりにかき消されていたのだ。だって私が買ってきた阿佐ヶ谷「うさぎや」のどら焼きなんだもの。

「どら焼きかー、私はもうお腹いっぱい」と辞退者が出る。「私、食べたいけど、こんなには食べられない。半分こしない？」。

え、半分だけ？ と内心驚くが、私も「そうね。これ一個は無理よね」と大人なせりふを言ってみる。

「あ、いい匂い」「おいしいね」などと言いながら、みんな本当に半分しか食べない。食べないと宣言した人に「ちょっと食べない？」と勧めても首を振る。「やっぱり私も食べちゃお」と袋を開けた友人が、半分を私に差し出した。ううむ。差し出されたら断るわけにいかない。食べる。

「やっぱりここのどら焼き、皮がふかふかで、あんこが最高だよね」

私の絶賛を聞いて、隣の友達が「良かったら食べて」と半分差し出す。「いやいや、もうお腹いっぱい」と手を振るが、私の前に置かれたどら焼きの断面が、私を呼んでいる。「乾いちゃうぞ〜。おいしくなくなっちゃうぞ〜。早く食べろ〜」。その声（幻聴？）にそそのかされて、食べてしまう。

結局、えーと、一個半？ 最初から腹をくくって一個食べる覚悟があれば、一個半も食べることにはならなかった。どら焼きは余計なことを考えず、正しい大きさのものを一個、ひとり静かに食べるべき、と悟った夜だった。

ドーナツがどんどん出てきて止まらない

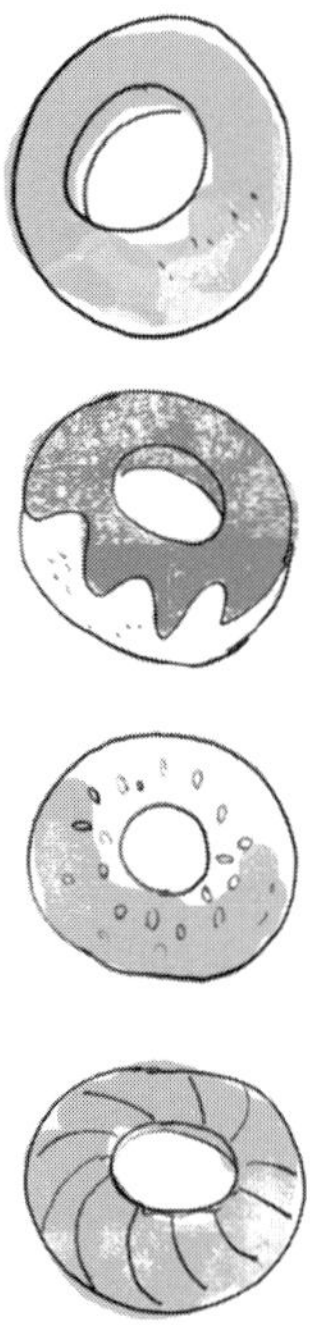

ときどき無性にドーナツが食べたくなるときがある。チェーン店でも、行列しているドーナツ屋さんのでもない、そこらのパン屋さんで売っているような、砂糖がたっぷりまぶしてあるドーナツだ。

そんなときは、ケーキタイプより、どちらかというと、揚げパンタイプのものがいい。苦いコーヒーを飲みながら、ぱくぱくっと食べて、指についた油や砂糖をなめると、ようやく気がすむ。

子どもが小さい頃は、おやつを作る習慣があったから、「ドーナツが食べたい！」と思ったら即座に作ったものだが、ドーナツは一個だけ作るわけにいかないのが難点だ。いや、一個だけでもいいんだけど、せっかく揚げるんだし、卵を半分というわけにもいかないから、まとまった数になる。

そうして二、三個、つまみ食いしながらいくつも揚げているうちに、油の温度が低くてからっと揚がらなかったものや、焦げてしまったもの、いびつになってしまったものなどは、責任をとって口に入れていく。すると全部揚げ終わった頃には、相当数を食べたことになり、あとは食べきれないドーナツと、胸焼けと後悔が残る。

それでもドーナツ作りは楽しい。揚げたドーナツは、油をきって少し冷ましたら、砂糖をまぶす。これは私の子ども時代も、子どもの仕事だった。砂糖を入れた袋に、ほんのり温かいドーナツを入れ、しゃかしゃか振る。ときに勢いがすぎて、あるいは、袋の口をしっかり握っていなかったがために、ドーナツと砂糖が散らばる惨事も起きたが、なんにしろドーナツ作りに参加できるのは、子どもにとって誇らしく、うれしいことだった。

さて、子どもでなくとも心躍るのは、アメリカの児童文学『ゆかいなホーマーくん』に出てくる「自動ドーナツ製造機」だろう。この本は、アメリカの田舎町で起こる日常の楽しい事件の数々を描いた話で、作者のロバート・マックロスキーの達者な絵とともに、アメリカの古き良き時代をたっぷり味わえる。

くだんのドーナツマシーンは、新しいもの好きである食堂の店主ご自慢の機械（そのわりには、組み立てをホーマー君に任せて、床屋に行っちゃうのだけど）。

材料をタンクに入れ、スタートボタンを押すと、輪になった生地が熱した油の中にポトン、ポトンと落ちる。途中、自動反転機がドーナツをひっくり返し、両面がまんべんなく色づくと、ひとつひとつ、受け口に滑り落ちていく、という仕掛けになっている。

今なら、ファストフード店などで似たようなものが見られそうだけれど、出版された一九四三年には、夢のような空想の機械だったに違いない。ところがこれが故障してしまい、次から次へとドーナツが出てきて止まらなくなる。『ゆかいなホーマーくん』を読んだことのある人なら、はらはらしながらも、なんとなくおかしいこのシーンは覚えているのではないだろうか。

日本では、家庭で作る子どものおやつだったドーナツが、アメリカではコーヒーショップの定番で、大人も食べるものだと知ったのは、ミスタードーナツやダンキンドーナツが全国展開した一九七〇年代だろうか？　アメリカ式に、コーヒーに浸すのは抵抗があるけれど（だって、油が浮いたコーヒーなんか飲みたくないもの）、お店で食べるドーナツは日本でもすっかり定着した。

ところが今度は見るたび気になる「焼きドーナツ」の登場だ。ヘルシーなムード漂う焼きドーナツ。あれは、ドーナツなの？　「穴開きカステラ」とか「リングマドレーヌ」と呼ぶべきではないのだろうか。

そもそも、ドーナツって形のこと？　丸くて真ん中に穴が開いているものをドーナツと呼ぶのか。ねじりドーナツは、その前提を踏まえての「ねじり」なのかな。ドーナツ化現象、ドーナツ盤はあの形を指すわけだしなあ。うーん、なんか自信がなくなってきたなあ。

しかし、この際はっきりさせたいから、もうここで私が決めてしまおう。焼いたものはカステラ、マドレーヌ、クッキーなどそれぞれ好きなように呼んでいいが、ドーナツは油で揚げたものだ！

いや、百歩譲って、焼いてもドーナツとしよう（譲るのが早すぎるか）。でも「焼いたらおいしかった」という発見がなければダメでしょう。揚げるとカロリー高くなるから焼いた方がいいよね、程度の消極的な「焼き」なら認めない。揚げ油のカロリーを気にして、バターたっぷりの焼きドーナツをもりもり食べて太るなら、油で揚げたドーナツを食べて太った方が何百倍もいい。

仁義なきシュークリーム

小学校の同級生Ｉ君に、偶然会った。私はＩ君をよく覚えているけど、彼は私をまったく覚えていないらしい。ちっ！　聞けばバツイチで子どももなし、再婚希望と言う。「あら、どんな人がいいの？　若い女？　独身の男っていくつになっても、どうせなら若い女がいいって言うじゃない」「いやいや、僕なんかでよければどんな方でも」「ほんと？　独身の友達紹介しようか？」。世話焼きおばさん丸出しで身を乗り出すと、Ｉ君は「よろしくお願いします」と頭を下げた。かつての坊ちゃん刈りサラサラヘアは、もうほとんど残っていない。

私は学生時代から、友人同士をお見合いさせるのが好きだったが、うまくいったことは一度もない。何年か前、ある男女を会わせたときも、「あんたの『ピンときた！』

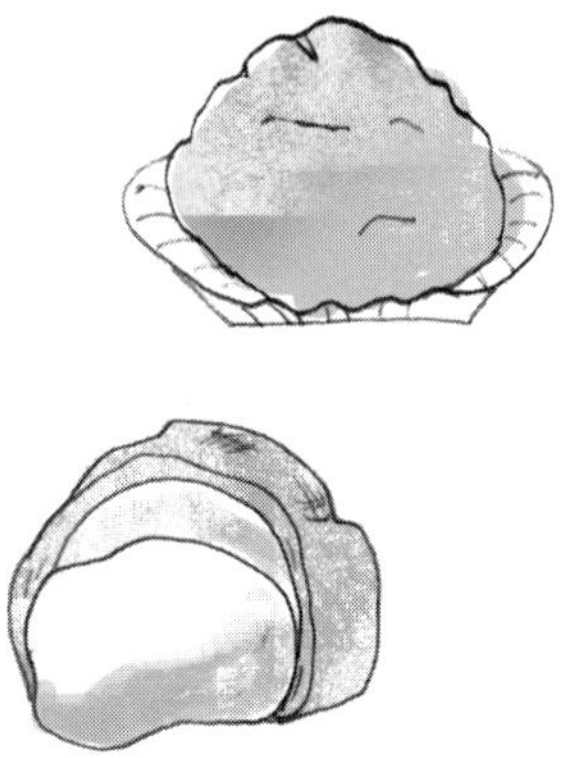

は信用できない」「そもそも男と女ってものをまったくわかってない」とまで言われた。そんな私が同い年の女友達に白羽の矢を立て、双方と連絡を取り合っているさなかのこと。

I君から「今日、呼び出されて行きつけの店に行ったら、若い女子を紹介された」というメールが来た。「いいじゃない」「でも、二十代だぜ。むこうだって嫌だろう」「枯れ専かもしれないよ」「先輩に言われて断れなかったみたい。僕もさすがに二十代はないわ。下手すりゃ娘の年でしょ」「まあねえ」「せめて三十代だよ。理想は三十代半ばだね」。

「理想は三十代半ば」。とうとう本音を吐いたな〜と振り返る、鬼婆の私。いや、メールだけど。「真面目に考えてやって損した！」女友達に訴えると、「そんな男が私のまわりにもいる」という返事。そのあとはひとしきり「大人の包容力で静かに見守っているように見えるが、おじさんはついていけないから黙ってるだけ」「尊敬されているのではなく距離を置かれているだけ」「加齢臭もするしね」と、おじさんの勘違い、やせ我慢が悲しいなんて話題で盛り上がった。

たとえば、おじさんが若い女子とカフェに入ったとする。女子はケーキを注文するが、おじさんはあまり食べたくない。女子にとっておじさんは単なるスポンサーだから、おじさんが食べても食べなくてもどっちでもいいのだが、おじさんとしては、最近の若い男子のようにスイーツ好きを装いたい。しかしケーキの名前はややこしく、メニューの字は小さくて読めない。と、ほかのテーブルに運ばれていく皿の上の丸いものが目に入る。あれはシュークリーム。シュークリームなら知ってるぞ。間違えずに言えて、気を使わずに食べられるおじさんの救世主、シュークリーム！

やがてケーキとお茶が運ばれてくる。女子が自分のケーキの写真を撮り、さあ食べようという頃、おじさんのシュークリームはもうない。ふた口くらいで食べ終えて、なんだか知らないけどゲホゲホむせている。

それを誤魔化すように、おじさんは小ネタを披露する。「シュークリームって本当はシュー・ア・ラ・クレームって言うんだよね。シュークリームって、靴のクリームだから」。

「へえ、そうなんだー」となんでも驚いてくれるのが若い子のうれしいところ。

「僕も出張でパリに行くまで、知らなかったんだけどね」と、首をすくめてみせるが、本当は小学生のときに読んだ童話『チョコレート戦争』で知ったのだ。洋菓子店「金泉堂」のシュークリームを、病気の妹に買って帰ろうとするが、値上がりしていて買えない、というのがチョコレート戦争の発端。それを今、女子に話すと、自分がすごく昔の、貧しい人みたいなので言わないでおく。そして「そうだ、今度フレンチ行こうよ。いい店知ってるんだ」と誘うのだ。

さて、改めて『チョコレート戦争』を読むと、金泉堂で一番おいしいといわれるシュークリームは、クリームの中に「イチゴ」が入っている、とある。それを女店員が「銀のつまみ道具」でつまみだし、「金色の紙」で包む、というのがこの店をより輝やかせている。

シュー生地は、サクサクタイプもいいけれど、薄い焼き色がふわっと優しげな、軟らかいのが好みだ。大きくて、持つとぽってりと重く、中にはミルクと卵の風味が甘く香る、濃厚でまろやかなカスタードクリームがみっちり詰まっている。それでいてあと味はさっぱり。

そんなシュークリームは本当はフォークなんか使わずに、両手で持って食べる方がいい。ニコニコしながら、口の横にクリームをつけて食べる姿は、そりゃ、おばさんよりも、若い娘さんの方がかわいいに決まってる。

どうせなら「おいしい！」と素直に感動してくれる食べっぷりの見事な、かわいい女子と一緒に食べたい。そう思うおじさんの気持ちもわかる。すごくよくわかる。こんな私は、もうほとんどおじさんなのかもしれない。

焼き芋にまたがって

「い〜しや〜きい〜も〜」の声に、財布を持って外へ飛び出し「焼き芋屋さ〜ん！」なんて叫ぶのは、陽気なサザエさんぐらいだと思っている。なのに私たちはいつのまにか『サザエさん』から「女は焼き芋が好き」でも、「焼き芋を買うのは恥ずかしいこと」というイメージを刷り込まれてしまったようだ。

たしかに女性は男性より焼き芋が好きだと思う。しかも年をとるほど好きになる傾向がある。だけどなぜ、恥ずかしいのか？　我々ならともかく、サザエさんともあろう者が。それは、買い食いが昭和の女には恥ずべきことだった、ということもあるだろうし、売り声にまんまとおびき出された愚かな女、なんて恥ずかしさもあったかもしれない。でもまあ、主に「さつまいも」＝「おなら」が原因なんでしょう

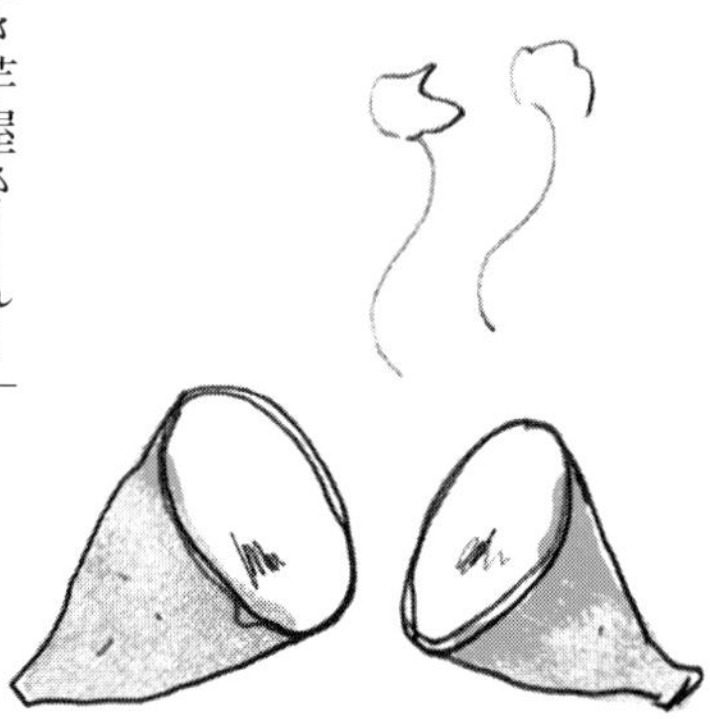

なあ。「あいつ、焼き芋食って、おならするんだぜ」と思われると思う自意識過剰。

かつて、軽トラで回ってくる石焼き芋を買うのは、恥ずかしさの克服とは別の、ちょっとした勇気が必要だった。「ほっかほっかですよ〜」なんて優しくコミカルな調子の売り声に誘われていけば、声の主とは違う、強面《こわもて》のおじさんが煙草をふかしている。そして面倒くさそうに「何本？」と、一本じゃ許さねえオーラを出すのだ。おびえつつ「二本」と答えると、細くて小さいのを紙袋に入れて「二千五百円」。高い！　怖い！　を心に繰り返し、涙目で焼き芋抱えてとぼとぼ帰ったものだった。あれはバブルの頃だっけ。

でも最近は値段も明瞭で安い。というより、少なくなったなあ、焼き芋屋さん。あの人たちはシーズンオフはちり紙交換屋になると聞いたことがあったけど、今やちり紙交換車もないしねえ。だから焼き芋は八百屋で買うことが多い。

秋になり、寒い風が吹き始めると、店先にドラム缶のような円筒形の、あるいは四角い焼き芋窯があらわれる。〈焼き芋　中200円、小150円〉。妥当な値段だ。「焼き芋ください」「今、中しかないけど。一本？」おばさんが、両手にはみ出すほどの焼き芋を、新聞紙で作った袋に入れてくれる。ずっしり温かい幸せな包みを胸に抱けば、焼けたさつま芋の皮と新聞紙の匂いがブレンドされた、なんともいえない香り。あとはもう一目散に家へ急ぐのみだ。

お茶を淹れるのももどかしく、とりあえず包みを開き、お芋をほっくり半分に割ると、見るからに甘そうな黄金色の断面。直火で焼いたのとは違って、熱した小石の中に埋めて間接加熱したから、デンプンが麦芽糖に変化して一層甘く、水分が閉じ込められてお茶なんかいらないくらいしっとりしている。少し食べて気持ちが落ち着いたところで、そうだな……。ほうじ茶かな、とお茶を淹れるが、ダージリンなんかもよく合う。

長女が二歳のとき、近所の保育園に「焼き芋会やります。ご近所のみなさんもどうぞ！」と、貼り紙が出ていた。引っ越してきたばかりだったし、保育園とはどういうところか見学がてら、娘を連れて参加した。おとなしそうな母親が、二、三歳の着ぶくれした子どもたちをベビーカーに乗せて集まっていた。園庭で焼かれた焼き芋が「どうぞ」と山積みされ、私たち母親はおずおずと手を出し、丁寧に皮をはがして子どもの口に入れた。喉に詰まらせないよう、持参した水筒の番茶を飲ませ、いちいち手や口を拭いてやる。

保育園児を見ると、みんな薄着で、中にはランニングシャツ一枚の子もいる。焼き芋なんか皮ごとがぶりとやっている。芋を片手に走り回っている子だっているではないか。ふと見ると、娘は次の芋を待ち受けて、口を開けている。これではいかん。こんなにぬくぬくと過保護に育てていてはダメだ。たくましく生きていくためには、密室育児から脱すべきだ。そう思った焼き芋会だった。

後に娘はその保育園に入園し、何度か焼き芋会を楽しんだが、今はもう焼き芋会はなくなった。なんたら法により、庭で焼き芋どころか、落ち葉焚《た》きだってできなくなったのだ。落ち葉が可燃ごみとして収集されるなんて！　秋の風物詩がまたひとつ消え、つまんないったらありゃしない。

そんなうっぷんを晴らすような豪快な絵本が『やきいもするぞ』だ。森の動物たちが「やきいも　するぞ」と盛り上がり、落ち葉を集め、お芋を掘る。そしていよいよ火打ち石で点火だ。焼きあがったお芋を、みんなどんどん食べて、おなら大会が始まる。落ち葉があり、お芋があり、火がつけられて、芋が焼け、それを食べればおならが出る。まことにシンプルで愉快な展開。そしてなによりのびのびと大胆な絵は、眺めていると大らかな気分になる。

よーし、今度おいしい焼き芋を食べたら、遠慮なくでっかいおならをしよう！　そう思って、晴れ晴れとした気分になった。

湯気の中のふかふか肉まん

「肉まん」ならコンビニだ。

飲茶の店の、ワゴンにのせられてやってくる、肉の旨味がぎゅっと詰まった肉まんよりも。高級中華料理店のフカヒレ入りや、角煮がごろごろ入った、皮だけでも甘くて香りのいい肉まんよりも。また、店先の大きな蒸篭《せいろう》のふたを開けると、湯気の合間に見える、肌を寄せ合うもっちりほわほわの豚まんよりも。あるいは二十年近く前、ふと思い立ち、皮の生地から発酵させて作ったわりには、あまりおいしくできなかった蒸《ふか》したての肉まんよりも。

なんのへんてつもない、安くてすぐに食べられるコンビニの肉まんがいい。

北風に鼻の頭を赤くして急ぐ冬の夕暮れ。すっかり暗くなった通りの向こうに、

コンビニから出てきたばかりの人が、待ちきれないといった様子で、ビニール袋から何かを取り出す。あれは、肉まんだ！　顔をつき出し「ぱふ」とかじるその表情。少し歩調を速めて、口を忙しく動かし、もうひとくちかじる。

肉まんを食べている人は誰もが幸福だ。両手で大切なものをそっと持つように抱えて……。そう、強く持つと、もともとへにょへにょな皮だから、つぶれちゃうんだよね、コンビニの肉まんって。

そりゃ純粋に「肉まん」のおいしさの比較となると、コンビニの肉まんは、いつからあの保温器に入っていたのか（今は時間制限があるようだが）湯気でぺしょっとしているし、袋を開けると「こんなのだったっけ」と思うほど、しぼんで小さくなっているし、なかなか具にたどり着けなかったりするのだが、なんというか、人が幸せそうに頰ばりながら歩いているのがすごくおいしそうに見えるのだ。ということに気づいたのは、『りきしのほし』という絵本を見たときだ。

新米のおすもうさんが、駄菓子屋のような店の前で、ガブリとかじった肉まんを満足気に眺めているシーン。

「ときどき　なかよしりきしと　さんぽをして
おやつに　にくまん　さんこ　たべたり　するっす。

よるは　はやくねて　あしたも　あさから　けいこっす。」

作者の加藤休ミは、食べものを本当においしそうに描く絵本作家だが、駄菓子屋で売っているものとは思えないほど、肉も野菜もたっぷり入った、もっちり弾力のありそうな肉まんの、大きくておいしそうなこと！

辛《つら》い稽古の日々、ときには辞めてしまおうかと思う力士だが、肉まんを食べているときの顔は無邪気で実にうれしそうだ。いかにもおいしそうな肉まんを、力士はいとおしそうに見つめ、ひととき、稽古のことなど忘れている。

肉まんに限らず、買ったものを外で食べる姿は、おいしそうに見える。歩きながら食べているなら、なおさらだ。かといって、走りながら食べるのはだめだろう。おいしそうとは思えない。というより、どんな事情なのかが気になる。食い逃げか？

私が子どもの頃、日本人は歩きながら食べるどころか、外で立ったまま食べるなんて「行儀の悪いこと」は誰もしていなかった。

お祭りの屋台で買ったあんず飴《あめ》も、ねだって買ってもらった大判焼きも、立ったまま食べるのははしたないことで、家に帰るまで待てなければ、座る場所を探し、見当たらなければしゃがむように言われたものだ。育ちのいいお子たちは、しゃがむなどという野蛮なスタイルも禁じられていたことだろう。

だから、映画の中で、ニューヨーカーがコートの裾をはためかせ、ホットドッグを頬ばりながら闊歩《かっぽ》する、そのホットドッグがとてもおいしそうに見えた。映画や雑誌で見るアメリカ人（外国人は皆、アメリカ人だと思っていた）が、楽しげに食べながら歩いている姿を、ああ、なんて自由で大らかで、かっこいいんだろうと眺めた。

不自由さでは随分レベルが違うが、『ローマの休日』のアン王女が、スペイン広場でジェラートを食べながら歩くのも、「自由」の象徴なのだと思う。ああ、それが今や日本でも、そこらじゅうにすぐ食べられるものが売られていて、立って食べる、歩きながら食べるはあたりまえ。長生きはしてみるものだねえ。

コンビニのレジ前で、しばし考える。肉まん、あんまん、ピザまん、カレーまん、特製肉まん？　いや、普通の肉まんにしよう。一個だけ買って、コンビニを出る。急いで帰って家で食べようか、それとも今食べてしまおうか、肉まんのぬくもりで手を温めながら少しの間迷うが、「えい、食べちゃえ」と、すぐにかぶりつく。子どもの頃、してはいけないと言われていたことをしている小気味良さと、ちょっとした罪悪感で、肉まんのおいしさが四〇パーセントアップした。

ホットケーキのバターはゆっくりゆっくり溶けていく

ホットケーキ。名前を聞いただけでも、気持ちが和らぐ。きれいな焼き色の二段重ねのホットケーキが目に浮かび、ふわっと甘い香りが立ち上ってくる。ゆっくりとろけるバターと、キラキラ輝く琥珀《こはく》色のメープルシロップ……。

「トラのバターのホットケーキ」とか「そんなにぐるぐる回ってると、バターになっちゃうよ！」などと言っても、意味が通じないことがある。そんなとき、『ちびくろ・さんぼ』は誰でも知っていると思い込んでいる私たち世代は、肩透かしをくらったような気分になる。

知らない人のために説明すると、『ちびくろ・さんぼ』は、さんぼという小さな男の子のお話だ。挿絵は黒人のように見えるが、実はインドの話。初版はイギリス

で一八九九年だから、かなり昔の絵本だ。

さんぼは、両親からもらった素敵な服や靴を身に着け、散歩に出かける。ところがとらが次々出てきて、さんぼに「たべちゃうぞ」と言う。そのたびさんぼは着ていた服や靴を差し出し、かつ機転を利かせ、どうにかピンチを乗り越えるのだ。身ぐるみはがされたさんぼが、泣きながら歩いていると、さっきのとらたちが「おれが、いちばん　りっぱな　とらだ」とけんかをしている。その隙にさんぼは服などを取り戻すことに成功する。

トラの争いはますます激しくなり、木のまわりをぐるぐる駆け回り、高速すぎて溶けて、バターになってしまう。そのバターを、さんぼのお父さんが壺に入れて持ち帰り、お母さんがそれでホットケーキを焼いて、親子三人お腹いっぱい食べる、というハッピーエンドだ。

日本で出版されたのは一九五三年。以来、子どもたちから絶大なる人気で読み継がれてきたが、一九八八年、人種差別といわれたことにより、『ちびくろ・さんぼ』は突然、書店からも図書館からも姿を消した。それから、復刊するまでの十数年の間に子どもだった人たちは、『ちびくろ・さんぼ』を知らなくて当然なのだ。

私は小学二年のとき、国語の教科書に載っていた『ちびくろ・さんぼ』の授業を、今でも覚えている。クラス全員、この話に心をわしづかみにされた。トラがバターになるシーンでは、みんな半信半疑でざわついた。お母さんがバターでホットケーキを焼くあたりにくると、教室はなんともいえない幸福感に包まれた。しかもさんぼはホットケーキを百六十九枚も食べたというのだ。一枚も食べていない私たちも満腹になり、さんぼに対して「恐れ入りました」という気分になった。

私が子どもの頃、ホットケーキといえば、食の細い私のために母が作ってくれる「朝食」だった。朝の慌ただしい時間、母はフライパンで大きな一枚をどかんと雑に焼いて、それを包丁でがしがしと八等分に切った。そこにはもうバターが塗られていて「ぐずぐずしてないで、さっさと食べなさい!」という気配をまとっていた。

その後、大人になって、あちこちの店に行き、スフレタイプ、一〇センチの厚みのもの、いつのまにかパンケーキと名前を変えてクリームをのせたものなどいろいろ食べたが、やはりシンプルなものが一番よろしい。そしておいしさは、材料の配合やホットケーキを焼く銅板の違いなんかより、焼く人で相当違う、と思うに至った。

たとえばMというフルーツパーラーのホットケーキは有名だったが、そんなにおいしいかなあ? と思っていたら、ある日、八十代のご婦人たちの立ち話が耳に入った。「Mには娘時代よく行ったわ」「ホットケーキ焼いてたおじさんが辞めちゃったのよね。おいしかったのに」。やっぱり。昔は本当においしかったのか。

そしてつい先日、私がホットケーキは日本一。と思う店に行ったときのことだ。カウンターに座り、いつもてきぱきと働いている女性がいないことに気づいた。その店に漂う独特の緊張感がない。ひげのお兄さんがひとりで忙しそうに、その日が初出勤らしいバイト君に指令を出しながら、ホットケーキを焼いているのだ。なにがあったかわからないが、こいつは危険だと直感し、ホットケーキは頼まずにおいた。そして隣の人のをそっと盗み見た。なーんか違う。いつもはホットケーキが自信満々といった様子で、輝いているのだけど、気が入ってないというかぽそっとしてる。一度がっかりして「日本一」を失いたくないし、疑う心で食べたくない。

そのときそうか、と思った。『ちびくろ・さんぼ』は、お母さんが「息子が無事で良かった。うんとおいしいホットケーキを食べさせてやろう」という気持ちで作ったから、おいしかったのだ。家族三人で「帰ってこられて良かった」「息子よ、うまくやったな」という気持ちで食べたからこそ、たくさん食べられたのだろう。

仮に、改心したトラたちがお詫びにといって、さんぼにホットケーキを焼いてくれたとしたら、こんなに食べられるほどおいしくなかっただろう。ホットケーキをおいしく焼くコツは「集中力」と「愛」なのだ。

冬

紅白おしくら饅頭合戦

『おしくら・まんじゅう』という絵本がある。作者は大人気の絵本作家、かがくいひろし。二〇〇五年に講談社絵本新人賞を受賞して五十歳でデビューし、二〇〇九年にすい臓がんのため急逝した。その短い期間に、次々と絵本を発表して、ユニークで独特な世界感を描いてみせた。『おしくら・まんじゅう』も、その中の一冊だ。

いかにもやんちゃそうな顔の、薄桃色と白の紅白饅頭《まんじゅう》が主人公。「そーれ」という掛け声のあと「♪おしくら　まんじゅう」と指名を受けて、茶饅頭が参加する。紅白饅頭たちにはさまれて「おされて　ぎゅー　おされて　ぎゅー」と押されまくって、茶饅頭は泣いちゃうのだ。「わぁ　ないちゃったー」と言う紅饅頭の弱った顔と、「ごめんねー」とは言っているが、迷惑そうな白饅頭の顔がいい。

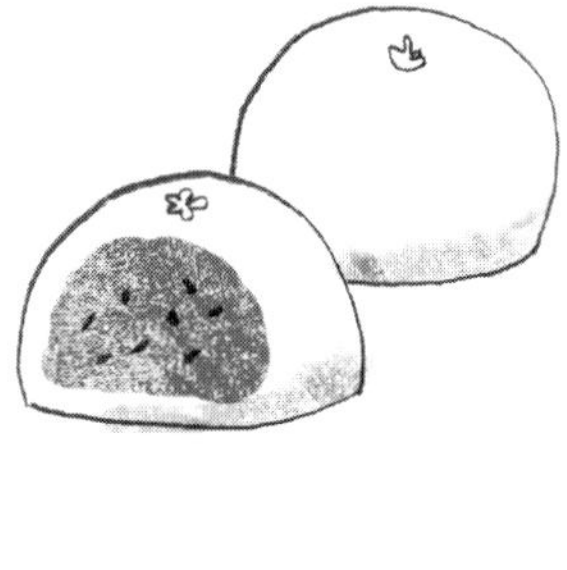

次は、おしくらこんにゃく、そして、おしくらなっとう、と続いて、えっ、そうなっちゃうの？　と驚くラスト。繰り返しのリズムと、表情豊かな饅頭たちがかわいらしい。

紅白饅頭。最近はもう頂くことはないが、昔は、なにかめでたいことがあれば、紅白饅頭が配られた。日本では長いこと、もらってうれしいものはおいしいもの、おいしいものは甘いもの、甘いものは饅頭、だったのだ。だからお土産といえば饅頭で、饅頭は日本各地たいていどこにでもある。

海外の児童文学にだって「饅頭」は登場する。村岡花子訳「赤毛のアン」シリーズの『アンの娘リラ』に出てくる「軽焼き饅頭」はシュークリームのことだが、そんなものを知らない当時の日本人に、とにかく甘いお菓子であることを伝えた、よく考えられた訳だと思う。

また、井伏鱒二訳『ドリトル先生のキャラバン』にも、町の名物「あん入り饅頭」が出てくるが、これは、ドライフルーツを入れて砂糖をまぶした菓子パンのことで、ドリトル先生がダイエット中の豚に「太るから」と禁じている。日本語訳が出た一九六二年なら「甘いパン」でも良かったように思うが、町の名物だから「饅頭」の方がイメージに近いかもしれない。

饅頭の種類は豊富で、蕎麦《そば》饅頭、栗饅頭、かるかん饅頭、バナナ饅頭など、数えきれないほどある。私も今までに相当食べていると思うが、その中で一番を挙げるとすれば「鳩まん」だろう。

東京・西荻窪の駅前に、「中むら」という古くて大きな店構えの和菓子屋があって、そこの「鳩饅頭」、通称「鳩まん」が素晴らしくおいしかった。白鳩がちんまり座っているような、白く細長い形で、大きな口を開けずに軽くふた口で食べられるサイズ。自然薯《じねんじょ》と米粉を練り上げたしっとりした皮に、さらっとしたこしあんが包まれている上品な薯蕷饅頭《じょうよまんじゅう》だった。

と、過去形なのは、気づいたら閉店していたからだ。同じく西荻窪の駅のそばでホカホカと湯気をあげ「西荻の冬の風物詩」と謳《うた》われていた酒饅頭屋も、店のおじさんが交通事故で亡くなり、閉店してしまった。いつまでもあると思うなおいしい饅頭屋、である。

「鳩まん」の話に戻る。私がフリーライターで、雑誌のインタビュー記事などを書いていた頃、シンガーソングライターの大貫妙子さんに取材する機会があった。高校時代から大ファンで、しかも葉山のご自宅に伺うというので、編集者に「手土産は任せてほしい」と宣言し、私はいそいそと鳩まんを用意した。

包みを渡したときの「お母さーん、お饅頭いただいたー」と、よく通る大貫さんの声と、包みを開け「あら、かわいい」「おいしそう。お茶淹れましょうね」と言ってくれたおふたりのやりとり……。までしか私は覚えていない。手土産を喜んでもらえた幸福感に酔いしれたままインタビューは終わり、帰り道に編集者から「インタビューがなっとらん」と叱られた。

最近、大貫さんのエッセイ集を読み、お母様が亡くなったことを知った。そして大貫さんは、甘いものが苦手だということ（！）も知り、彼女の優しさにじーんとした。いや、だけど、あの鳩まんは、普段甘いものを食べない人でもおいしく食べられるさっぱりと軽い饅頭だったのだ。

近頃は、小ぶりであっさりした饅頭が人気で、いろいろと出ているけれど、ずらりと並んだ姿がかわいいからと、次々口に運んではいけない。饅頭は穏やかな気持ちでゆっくり「あと一個欲しいけど……」くらいでやめておいた方が、余韻を楽しめる。

コロッケひとつ！　すぐ食べます

コロッケといっても、お皿にのせてソースをかけ、キャベツの千切りを添えて食べるコロッケではない。肉屋で売ってる揚げたてを「ひとつください。すぐ食べます」と言って、小さな白い紙袋に入れたのを手渡されるなり、パクリとやるコロッケのことだ。これは好条件が重なってこそ、の食べ方でもある。
まず「あ、いい匂い！」。見れば肉屋がある、という偶然。肉屋ならではの、新鮮なラードで揚げた食欲を刺激する香りだ。「お、揚げたてコロッケがたくさん並んでいるぞ」というタイミング。ちょっとだけお腹が空《す》いていて、揚げものもオッケーなコンディション。打ち合わせも終わり、荷物が少なめの、心身ともに身軽な状態であること。言うまでもなく、食事に行く前もＮＧだ。さらに食べ歩きに適し

た場所であること。

そしてひとりか、せいぜい子どもと一緒のとき。過去に何度か同行の友人に「揚げたてコロッケだ。食べよう」と言ったことがあるが、「食べない」と即答されるか、半笑いであきれられるかのどちらかだ。人格を疑われる、に近い反応もあるから、気軽に誘うのは避けた方がいい。

すべての条件を満たし、肉屋の揚げたてコロッケを食べられるのは、年に二、三回といったところか。もちろんすべてが偶然ではなく「今日はあの辺を通るから、揚げたてコロッケがあればいいな」とアタリをつけることもある。その場合、ある程度の保証はあるが、はじめての店は失敗もあり得る。

揚げたてが山と積まれていながら、あろうことか冷めたものを手渡されることが、たまさかあるのだ。「え、まさか……」とは思うが、そういや気が利かなさそうなバイトだったなとか、あのおばさん「あんた馴染みの客じゃないね」って目をしたなとか思い返し、ま、甘く見られたってことだ、と諦めて悲しくかじる。

揚げたてだとしてもコロッケがNGということもある。理想は衣が薄くて、サクサク。中はじゃがいものほくほく感がありながらなめらかで、炒めた玉ねぎの甘みと肉とのバランスが良く、胡椒《こしょう》が効いていてソースをかけなくても十分おいしい、そんなコロッケ。

理想的なコロッケが『コロッケ町のぼく』という話に出てくる。主人公いっちゃんは小学生の男の子。彼が住む下町には惣菜を売る店が多く、コロッケが一番うまいのは「さいたま屋」という肉屋だといっちゃんは絶賛する。まず、よそが三十円なのに二十五円と安いこと。これは、昭和四十年代後半の値段だ。いっちゃんのコロッケ評はこうだ

パン粉のつぶつぶがあらいのに、手で持っても、ぽろぽろ落ちない。色がいい。カステラの上っ皮《かわ》みたいな、なんともいえないいい茶色だ。それと、もう一つ、いちばんかんじんなことがある。

塩味がちょうどいい。肉屋のコロッケってのは、おさらへのっけてソースをかけて、さておじぎをして「いただきます」なんてのは、まちがったたべ方なんだ。いちばん正しいたべ方は、買いたてのコロッケを、親指と人さし指でつまんで、そのまま、かりっ、かりっと歯でちぎって、あついからふうふうかたで息をしながらたべるもんだ。歩きながらね。

そのためには、塩味がちゃーんとうまくついていなけりゃいけない。さいたま

屋のコロッケは、この味がちゃんとできてる。

このあと「それから、肉がいい」と続く。肉屋では、骨についた筋の部分を削り取り、機械にかけて安い挽肉を作る。大概の肉屋のコロッケにはこれを使うが、さいたま屋のコロッケは違う。だから歯の間にはさまることもない、というのだ。

いっちゃんを中心とする小学生たちと、町の大人の話『コロッケ町のぼく』は、NHKのドラマで放送されたらしいのだが、惜しいことに私は見ていない。主題歌をネットで聴きながら、おいしい食べ歩きコロッケなど調べているうちに、日本コロッケ協会なんてのがあることを知り、ふと、コロッケ検定を受けてみた。

しばらくすると、「答案を採点させていただきました。日本コロッケ協会ではあなたをコロッケニストとして認定いたします」というメールが来た。なんだこりゃ？と読んでいくと「コロッケ革命家」名義の名刺を作成します（実費五千円）とあり、なるほどそういうことかと納得した。名刺は普及活動の際にご活用ください、とある。そんな名刺、いつ使うんだ？ハハハと笑ったがふとひらめいた。コロッケを買うときに刑事のように掲げればいいんだ。コロッケの普及活動をしているコロッケニストに、まさか冷めたコロッケを差し出すことはあるまい。

アップルパイが熱くて持てない

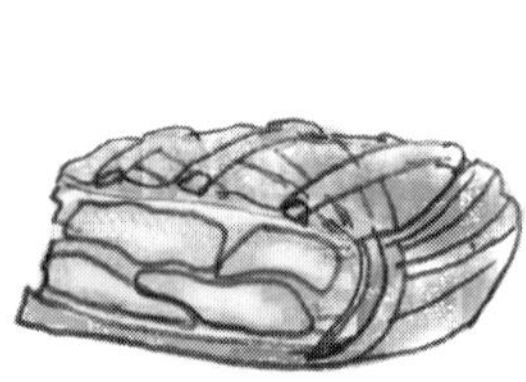

私が最初に就職したのは、キャラクター商品の会社だった。配属された部署で営業事務と商品企画、そして当時は女子にだけ課されていたお茶くみ、掃除、花を生ける当番。さらに自販機のそばの席だったために缶ジュースの注文や補充（そういえば、なんで業者じゃなくて社員が？）もやっていた上に、面白そうだからと映画部やカード企画部の仕事も手伝っていた。と書き出してみて、毎日残業していた理由が今さらながらわかった。そんなめちゃくちゃ忙しい私の課に、ある日アメリカ支社からさわやかな独身男性Aさん（三十歳）が異動してきた。

英語がペラペラのAさんのことを、部長はクライアントに「うちのインテリアです」と自慢していた。いや、冗談ではなく、こういうことをことごとく勘違いしている部長だったのだ。しかもAさんは、なかなかのハンサムだったので、用もないのにうちの課に来る女子社員が急増した。その面倒くささに加え、私は彼の仕事ののみ込みの遅さ、物覚えの悪さに軽くイラついていた。

それと、アメリカの習慣。会社で「お先に失礼しまーす」と言えば、残っている人は大抵、ちら見程度で「お疲れ〜」と軽く返すものだが、Aさんはまっすぐ目を見て「いづみちゃん！」と大声で呼び止める。退社しようというとき名前を呼ばれることぐらい、どきっとすることはない。大体、なれなれしく下の名前を呼ぶなよ。

Aさんは、散らかったデスクの前で呆然《ぼうぜん》としていたくせに、急にきりっとした顔で片手を挙げ「いい夢を見てね！」と言うのだ。私は完全に調子を狂わされ、「はあ、どうも」とか言いながら、そそくさと帰る。もちろん金曜日なら「いづみちゃん、良い週末を！」である。

ある日、Aさんが「ほら、なんて言うんだっけ？」と、忙しくしている私に話しかけてきた。英語は浮かぶけど日本語が思い出せない、というのなら私は役に立たない。「さあ、わかりません」きっぱり言うと「ピクニックに持っていくもの、なんだっけ？」と眉間にしわを寄せた。クイズ？

「外国人がピクニックに行くとき、持っていく……。ほら、あれ」

「私、外国人がピクニックに行くのを、見たことないんでわかりません」

「いやいや、映画観てると、外国人がピクニック行くとき持ってるでしょ」

「私、外国人がピクニックに行く映画、観たことないんでわかりません」

「えー、いづみちゃん、絶対知ってるって。思い出せない？」。思い出せないのはアンタだろうが。

「サンドイッチとか、サクサクのアップルパイ、そういうの入れる……」。え？　サクサクのアップルパイとな。急に「外国人のピクニック」がリアルに思えたとき、Aさんが叫んだ。「バスケット！　そうだ、バスケットだ」。私はムッとして、（は？　バスケット？　しかも自分で思い出して解決かい。そのバスケットがどうした）と思いつつも、「サクサクのアップルパイ」を思い浮かべてうれしくなった。

調べてみると、アメリカではアップルパイは代表的な家庭料理で、アメリカの「理想の主婦」のレパートリーには「自慢のアップルパイ」は必須。ピクニックには、ママが前日焼いたアップルパイをバスケットに入れて持っていく。そんなシーンをあのあと、私は古い映画や本の中で何度か見て、ようやくAさんの言っていた「ピクニックにはバスケットにアップルパイ」が腑《ふ》に落ちた。

ピクニックといえるかどうかわからないけど、私が一番おいしそうだと思ったのは『赤い実かがやく』という絵本に出てくるアップルパイだ。

うさぎたちが、たわわに実ったりんごをもいで、それをざくざくダイナミックに切り、パイ生地を作り、ブラウンシュガーやシナモン、ナツメグ、くるみを混ぜ、戸外にしつらえたかまどで焼く。間もなくできあがったアップルパイは、「ほんわり　白い　ゆげを　あげ」「ブラウンシュガーの色に　そまった果汁が　とろおりあふれ」「口に入れたら　りんごは　とろとろ。パイは　さくさくっ。くるみはかりかりっ。そして　シナモンの　ふくよかな　かおり」。

そんな熱々のアップルパイを手づかみで、おいしいねおいしいねと食べているうさぎたち。同じ目線で描かれているせいか、私も一緒に草の上に座って食べたような読後感だ。

先日、会社の後輩と二十年ぶりに会った。アップルパイの話から、Aさんの思い出話になり「Aさん、まだ会社にいるのかな?」と聞いた。私はあれからすぐに会社を辞めたのだ。「イケメンだけど仕事が驚くほどできないことが判明して、何年かして辞めました。部長が言ってた『うちのインテリア』は、インテリの間違いじゃなくて、本当にインテリアだったんですよ」。私たちは大笑いして、今度一緒にアップルパイ専門店に行く約束をした。

スコーンを焼く午後のひととき

絵本や童話などを書いている私だが、子どもの頃、児童書を熱心に読んだかというと、そうでもない。たまに学校の図書館で借りたり、よっぽど暇なとき、親が買いそろえてくれた少年少女世界名作全集を開く程度で、児童文学を読み始めたのは大学に入ってから。絵本はもっとあとだった。

だから児童文学を読んで育った人たちと話すと、ちょっとした疎外感を味わうことになる。彼らが特に盛り上がるのは「あの本の○○がおいしそうだった！」とか「どんな食べものかしらと憧れていた」なんて話だ。

特にアーサー・ランサムの冒険物語『ツバメ号とアマゾン号』の話になると、「ペミカン！」「そう、ペミカン！」と大合唱になる。私も「ああ、ペミカンね」と話

を合わせるが、このシリーズを読んだのはわりと最近のことなので、子どもの頃、想像して憧れた気持ちにはどうしたってなれない。

ペミカンとは「牛肉をかわかして、果実や脂肪をもつきまぜ、パンのように固めたもの。探検隊などがよく利用する」と書いてあるが、「コンビーフ」などと意訳されなかったおかげで、永遠に神秘のベールをかぶったままだ。

「おかゆ」というのも外国の民話によく登場する。これはもちろん、コントでよくいわれる「おとっつぁん、お粥ができたわよ」（古すぎる？）の米の粥ではなく、オートミールなどを牛乳で煮たものだ。これが「おかゆ」ではなく、原語の「ポリッジ（粥）」になっていると、物語全体が魅力的になる気がする。

しかし、たびたび出てくる言葉が知らないものだと、「ポリッジ？　なにそれ。知らない」ガラガラガラガラガラーと気持ちのシャッターを閉めてしまう読者もいるだろうし、ずーっと気になったまま話に集中できないこともあるから、よく知られた言葉に置き換えた方がいい場合もある。

古い版の『ひとまねこざる』を見ていたら、スパゲティが「うどん」と訳されていた。「ナルニア国物語」の『ライオンと魔女』に出てくる「プリン」もそうだ。訳された当時、「プリン」は、なかなか食べられない憧れのお菓子だったのだが、「箱を開くとふわふわしたプリンがどっさり」とか「プリンを口にむしゃむしゃ放り込む」というくだりには無理を感じる。

このプリンの正体は「ターキッシュデライト」。トルコの「ロクム」というむちゃくちゃ甘いお菓子で、近いものに置き換えてみると「甘すぎる求肥《ぎゅうひ》」とか「すんごく甘いゆべし」だろうか。でも魔女がエドマンドを誘惑するのに使うのが、求肥やゆべしなんて興冷めだ。たとえよくわからなくても、エキゾチックで怪しい響きの「ターキッシュデライト」のままが良かったように思う。

はじめは「ホットケーキ」だったものが、あとから「スコーン」に訳が変わったのは、『トムは真夜中の庭で』。弟のピーターが、はしかにかかったので、トムはおじさんとおばさんの住む、古くて大きな邸宅を改装したアパートに預けられる。「お料理がじょうずなのよ」と自ら言う叔母さんが、お茶の時間になると「ゆで卵、手づくりのイチゴジャムやあわだてクリームののっている手づくりのスコーン」を出してくれる。

英国のアフタヌーンティーに欠かせないスコーン。これがある程度ポピュラーになったのはいつ頃だろう。焼き菓子のスコーンは「白いパン」を意味する中世オランダ語から来ている。もともとスコットランド料理で、パンとして食べられていたから、ジャムやクロテッドクリームをつけて食べるのだ。

英国のティータイムといえば、テーブルにスコーンやケーキがずらりと並んでいて、メイドがきびきび働き、ホスト役のマダムが取り仕切って「ミセス○○、お茶のお代わりはいかが？」なんて。一体いつの時代の、どんなお家柄なんだ？というイメージがあるけれど、アパートの一室で少年に供されるクリームティー（紅茶とスコーン）とは、なかなか素敵な光景だ。

今や日本にはスコーン専門店もできて、さまざまなタイプが味わえるが、私が好きなスコーンは、小麦粉の力強さとほのかな甘みを感じられる素朴なタイプだ。外側はごつごつしていて、ふたつにほろっと割ると、中は少ししっとりしている。生クリームもいいけど、やっぱりクロテッドクリームと、固めのジャムをつけて食べたい。

スコーンは、案外簡単なので、作ってみることをおすすめする。焼きたては、温め直しと違って断然おいしい。それに安上がりだ。

テーブルクロスを敷いて、カップをちゃんと温め、できればいい茶葉で、きちんと紅茶を淹れる。ひとりでお茶の時間に集中してみると、別に贅沢はしていないのに、優雅な気分になれる。

お楽しみ会のマドレーヌ

小学生の頃、クラスで「お楽しみ会」というのがあった。終業式や修了式の前日、授業時間を二時間ほど使って行う「新春かくし芸大会」みたいな催しだ。

けん玉を披露したり、数人でなぞなぞを出したり、歌を歌ったり……。授業を離れて自由に、とはいっても、しょせん学校内でのイベントだから、禁止事項や自主規制もあって、その中で子どもながらに知恵を絞り、放課後に友達と準備をしたり、メンバー決めでモメたりした。

いよいよ「お楽しみ会」が始まると、担任の先生は、この時間は口出ししませんというように教室の隅に座って怪しく口を閉ざす。それでも音楽の時間に習った縦笛を演奏する子には、満足そうにうなずき、お調子者の男子の物真似でクラス中が爆笑の渦になれば「静かにしなさい！」と立ち上がった。「お楽しみ会」だけど、楽しみなのは授業がつぶれることと、運が良ければもらえるマドレーヌぐらいだった。

このマドレーヌというのは、誰かのお母さんが予告なく、クラス全員のために焼いてくれるもので、クラシカルな丸く平たい形だった。会が終わる頃、先生がおもむろに「○○さんのお母さんが作ってくださいました。うちに帰ってから食べるように」と、ひとつずつラッピングされたマドレーヌを配り、みんなにやにやしながらも、妙に緊張して受け取った。

昭和四十年代の日本は、庶民にも洋風の食べものが広まりだした頃で、主婦はこぞって婦人雑誌に載る肉料理や洋菓子にチャレンジしていた。その中でも、わりと簡単で日持ちして見栄えのするマドレーヌが流行ったのだろう。

マドレーヌ母は、なぜだかクラスにひとりだけ自然発生する仕組みになっていた。クラスの母親の中で、洋菓子を作り子どもたちに振る舞うイメージに一番当てはまる、と自他ともに認める人が、マドレーヌ母となったのだろう。

「先生、来週のお楽しみ会に、ワタクシお菓子を差し入れしようと思ってますの」

「あ、それでしたら昨日、○○さんからマドレーヌを作ると連絡がきたので、今回は……」

「あら、そうなんですか（きーっ！　なに？　あいつ。おとなしい顔して先生に取り入って。あたしは二組でずーっとマドレーヌ焼いてきたんですからね！）」なんてトラブルもありそうだけど、実際のマドレーヌ母はスマートで控えめな「え、こんなお母さんいたっけ？」というようなきれいな人で、子どもはかわいくて、勉強がそこそこできるおとなしい女の子だった。いや、もしかしたらマドレーヌが、親子の印象を美化しているのかもしれない。

マドレーヌはうれしかったけど、当日まで当人親子と先生の間で隠密に進められていたことは、なんとなくすっきりしなかった。「お楽しみ会のあとは、○○さんのお母さんがみんなのためにおいしいマドレーヌを焼いて持って来てくれるからお楽しみに」ぐらいオープンにしていたら、わくわくする分、もっとおいしかったはずなのに。

さて、そのマドレーヌは、もともとポーランド国王、スタニスラス公が、ルイ十五世の元に嫁いだ娘に贈って、パリ中に広まったお菓子だという。スタニスラスの館で、パティシエが料理長と喧嘩《けんか》して出ていったとき、召使いのマドレーヌが急遽《きゅうきょ》、ありあわせの材料と厨房にあったホタテの貝殻を使って作ったお菓子をスタニスラス公が気に入り、「マドレーヌ」と命名したという逸話もあり、そのせいか、マドレーヌには素朴ながらも、さりげなく華やかなイメージがある。

荒井良二のカラフルな絵が、まさにそんな印象の『まどれーぬちゃんとまほうのおかし』という本は、小川糸がはじめて書いた子ども向けの童話だ。まどれーぬちゃんが、理想のマドレーヌを焼きあげるまでの奮闘ぶりは、子どもの手作りおやつのレベルを超えていて、読みごたえがある。私は、この本の最後の見返しページも好きだ。焼きあがったマドレーヌが並んでいて、眺めるだけで、ふんわり甘いバターの香りがしてくる。

マドレーヌ母は、私が入学した鹿児島の小学校だけでなく、転校先の東京の小学校にもいて、驚くことに娘たちの小学校時代にもいた。親になってわかったのは、このマドレーヌには「みんな、うちの子と仲良くしてくれてありがとう。これからもよろしくね」という気持ちが込められていたってことだ。マドレーヌ母の伝統は、日本、いやもしかしたら世界中に脈々と引き継がれているかもしれない。誰か調査してみてほしい。

カステラにしみじみ向き合う

久しぶりにインフルエンザにやられた。ぞくぞくっとしたな、と思った五分後に、ひどい悪寒、頭痛と吐き気、そしてお馴染みの全身痛。このいきなりな感じ。ウイルスが体内で突然暴れだし、抵抗できない感じ。まぎれもないインフルだ。

これがひとり暮らしならば、誰はばかることなく家の中で堂々とインフルライフを満喫しておればいいのだが、狭い家に四人家族の私は、誰かにうつして肩身の狭い思いをする前に、マスクを二枚重ねて自主隔離だ。

そして布団の中で水を飲みつつ昏々と寝て……。いられればいいが、眠れない。苦しくって眠れない。年をとると、高熱がつらいというより、速い脈拍が心臓につらい。ひょっとしたらこのまま死ぬのだろうか、と思って、やはりインフルだと確

信する。死ぬかもしれないと思うのが、普通の風邪との違いだ。

台所から流れてくる、元気人間たちの作る焼きそばやカレーの強烈な匂いにげんなりし、「ドーナツ買ってきたけど食べる?」という能天気な誘いに、布団から手だけ出してひらひら振る。ちょっとの間食べずにいたら、お腹がぺったんこになって、しぼんだ気がした。年をとるとしぼむ速度が増すのか、久々に見た鏡の中の私は、肌や唇のかさつきがひどい。水分はおのずと体内の方に優先され、表面は枯れる。こうして老人になっていくわけか、と実験結果のように観察する。

高齢者もお洒落《しゃれ》したり恋をするといいというけれど、そんなことができるのは相当元気な場合だろう。私はインフル程度で、もう意識が性別のところまでいかない。人類、いや、生物で精いっぱいかもしれない。

だけど、しばらく食べていなかったせいで、味覚はまるで澄み切った空のようにフレッシュな感じだ。水を飲んでは、水の味にもいろいろあるのだなと感じ入り、鉄瓶で沸かした白湯《さゆ》の甘さに驚く。相変わらず食欲はないけれど、市販のカップスープを飲んでみた。が、どんなに薄めても味が暴力的な気がして、やめた。

弱った胃腸にはやはりお粥か、と、お粥を炊いて、昆布の佃煮と小さな梅干を入れてみる。なんておいしいのだろう! ご飯の甘みで猛然と食欲がわいてきた。お代わりして、満ち足りた気分で布団に入る。

大抵その翌日あたり、なぜか決まって食べたくなるのがカステラだ。暗闇の世界にいたから、希望の光、太陽のような黄色に憧れるのだろうか。ふわふわしたしっとり軟らかいカステラが、ビジュアルとともに恋しくなる。ああ、カステラ！

子どもの頃、風邪をひいて熱を出すと食べさせてもらえるのは「缶詰の白桃」と、りんごをすりおろしたものに砂糖を入れた「おりんごじょりじょり」、そして熱が下がって回復してくると「カステラ」だった。でもカステラは、ふわふわと優しい風情なのに、弱ったお腹にはちょっとへビーなのだ。

カステラが、まるで予知したように生協の宅配で届いた。ひと切れお皿にのせて、よっこらしょとひなたに座った。カステラのきりっとした角と、まぶしい黄色をしばし見つめてから、ゆっくりとフォークで小さく切って口に運ぶ。誰かとおしゃべりしながら、あるいは本など読みながら食べると、なんでもないカステラだけど、こうしてひとりでしみじみ食べると、しっとりぽそっとした食感やじょりっとしたザラメの甘さ、焦げの苦みなど味わい深い。

さて、カステラといえば『ぐりとぐら』だ。説明するまでもないが、野ねずみのぐりとぐらが、森の中で大きな卵を見つけ、材料や鍋を持ってきて、カステラを作るという話だ。カステラを、ホットケーキだと思い込んでいる人が多いのは、「おなべ」と書いてあるけど、絵がフライパンに見えるから。それにカステラは四角くて、こんな簡単に作れるはずがない、という思い込みがあるからだと思う。

絵本に書いてある作り方は、卵をボールに流し込んで、砂糖と一緒に泡立て器でかき混ぜ、牛乳と小麦粉を入れ、鍋にバターをよく塗って、ボールの中の材料を入れ、ふたをしてかまどへかける、ととてもシンプル。お店のカステラは普通、牛乳やバターは入っていないが、しっとりさせるため、水飴《みずあめ》が入っている。

手作りのカステラの魅力は、なんといっても焼いているときに漂う甘い香りだろう。「かすてらを　つくっているんでしょう！　とっても　いい　においがするもの」と、『ぐりとぐら』でも、匂いにつられて森じゅうの動物たちが集まってくる。森にいるか？　とツッコミを入れたくなる、ライオンやフラミンゴやカニやワニもいて、皆一様におとなしそうな顔をしている。クライマックスなのに、不思議と静かな場面だ。

卵を泡立て器で混ぜられるくらい元気になったら、ぐりとぐらのカステラを焼いてみようかな。そう思えたら、あと二日くらいで寝床から出られるはずだ。

キャラメルなんかで死にたくない

たまにふと、キャラメルが食べたくなるときがある。昔からある普通のキャラメルだ。箱を引き出すと、白い紙に包まれた四角いキャラメルが、健気《けなげ》にもきっちり並んでいる。改めて眺めてみれば、なんと端整な包み方!

『キャラメル』という赤ちゃん向け絵本がある。山崎克己の描く表紙には、紙に包まれたキャラメルが、ひとつ大きく描かれていて、キャラメルを食べる前の、ちょっとうれしい、それでいて妙にしんとした気持ちを思い出す。

今もよく見る森永のミルクキャラメルは、かなりのロングセラーだ。「1粒で2度おいしい」グリコのアーモンドキャラメルも定番だった。箱のデザインも味も好きだったのは明治のクリームキャラメルだ。水玉がかわいいヨーグルトキャラメル

もおいしかった。

懐かしいのはフランスキャラメル。当時は、まんまとフランスのキャラメルだと思い込まされていたが、あれは不二家の商品で、しかも箱に描かれた巻き毛の少女はアメリカの子役、シャーリー・テンプルがモデルだったのだ。森永の塩キャラメルと似た箱だけど、味は思い出せない。

サイコロキャラメルは、紙の箱がサイコロでありながら、中にふたつもキャラメルが入っていてお得感があった。キャラメルは子どもの口には大きめで、口の中で転がしているとよだれがつーっと垂れた。そういえば、昔のキャラメルは今より硬かったなあ。キャラメルを口の中に入れると、かっちりした四角が口の中を居心地悪そうに転がる、あの感じを思い出す。

大人になってふと、キャラメルを買おうと思っても、ひと箱もいらないなと思いとどまる。ほんのひと粒かふた粒でいい。そうか、キャラメルはみんなで分け合って食べるものなのかもしれない。

「食べますか?」

知らない人からキャラメルをひと粒、差し出されたことがあった。

大学の授業が終わって、寮に帰る井の頭線の車内。隣に座っていたサラリーマンらしき禿《は》げたおじさんだった。

「キャラメルもらっちゃいました！」。寮に帰るなり先輩に話すと、「よっぽど欲しそうに見てたんだろうねえ」と言われた。たしかに私は、そこに食べものがあればつい、じっと見てしまう癖がある。だからといって「いいな、いいな」とうらやましがっているわけでも、「それ、私にくれ」と念じているわけでもなく、視線が無意識に食べものの方へ行ってしまうだけなのだ。

どんなキャラメルだったか覚えてないくらいだから、物欲しげにまじまじ見ていたつもりはないけれど、おじさんは、鞄からキャラメルを出した途端、隣の若い娘が凝視しているなあ。やだなあ。欲しいのかなあ。まだ見てるなあと、仕方なくひと粒分けてくれたのかもしれない。

おじさんがおずおず差し出したキャラメルを私はお礼を言って受け取り、すぐ口に入れた。

「信じられない。知らない人がくれたものをすぐ食べちゃうなんて！　毒でも入ってたらどうするのよ」と、翌日クラスメイトが叫んだ。私は、午後の井の頭線の車内が、キャラメルのやり取りによって、なごやかな空気になったとさえ思っていたのに、友達は東京に出てきたばかりの私を心配して、「知らない人から食べものをもらっちゃいけません」と、お母さんのように注意した。

いや、本当に注意しなくてはならないのは「タフィー」だ。中学三年の冬、深夜放送を聞きながら受験勉強していた私は、輸入品の「ゴールデンタフィー」という、硬くて濃厚なキャラメルが気に入って、よく食べていた。

金紙と黄色いセロファンにくるまれたそれは、私の舌のちょうど半分くらいの大きさで、平べったいので、閉じた口の中に隙間なくぴったりフィットした。つまり口の中で転がされることなく、長いこと舌の上にあったのだと思う。自然とだ液の濃度が濃くなり、あるときそれがいきなり私の気管を塞《ふさ》いだ。

じたばたしながら、このままひとり、キャラメル液を喉に詰まらせて、十五年の短い生涯を閉じるのかと本気で焦った。どのくらいじたばたしたかわからない。ようやく息を吸うことができて、私は死なずにすんだ。

あーびっくりした、あーびっくりした、あーびっくりしたと、しばし呆然《ぼうぜん》とした。以来、その手のキャラメルは食べていない。やはりキャラメルは、日本に昔からある、きちんと白い紙に包まれた小さなタイプがいい。

餅と、かじかんだ手

歌人として有名な与謝野晶子が、童話も書いていたのをご存知だろうか。その中に『三匹の犬の日記』という作品があって、何年か前に絵本となって出版された。この絵本を知らない人は、ぜひぜひ手に取ってほしい。私は特別、犬好きではないけれど、この犬たちがかわいくてかわいくて、もーたまらん！

お正月の朝、三匹の仔犬が、飼い主である子どもにこう言い渡される。

「お雑煮《ぞうに》を食べたら、おまえたちすきなことをして遊びなさい、そして晩には家《うち》へ帰ってきて日記をおつけなさい」

といっても、この絵本に描かれた犬は、擬人化されているわけではない。口開けて舌を出したりして無邪気にはしゃいでいる仔犬だ。なのに三匹の犬に用意された

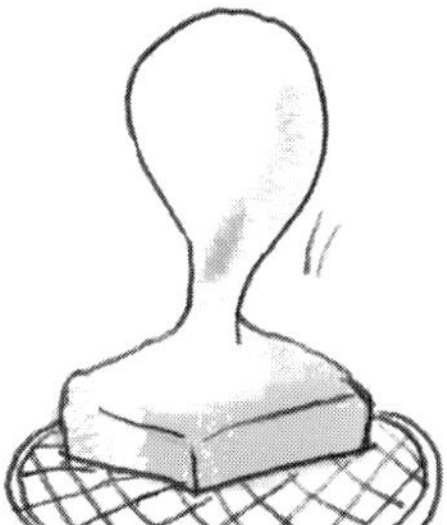

お雑煮は、朱塗りのお椀に入っていて、名前を書いたお箸まで添えられている。どうやって食うんだよ、とくふくふ笑いが込み上げてくる。

さて、犬はそれぞれに過ごし、夕方、日記を提出して「ごほうび」としてバターをつけたおかちんをもらう。「おかちん」とは室町時代の女房詞《にょうぼうことば》で、お餅のこと。かわいらしい紙に包まれたおかちんは、いかにもお正月のご褒美だ。

バターをつけたお餅なんてハイカラなものが、明治大正の頃、流行ったのだろうか。そんなことを考えながら、私はさっそくお餅を焼き、バターをのせ、試しに醤油を少し垂らして、レモンをきゅっと搾ってみた。おいしい！　ついもうひとつ焼いて、今度はごま油をかけ、塩をぱらぱらっと振ってみたが、これもなかなかイケる。調子に乗って食べ過ぎると夕飯が入らなくなるが、お餅はいろいろな食べ方ができて、工夫し甲斐がある。

やはりオーソドックスな食べ方は、醤油《しょうゆ》に海苔を巻いた磯部巻きか、砂糖醤油、あるいはきなこをまぶした安倍川餅ではないだろうか。と書いて、ちょっと自信がなくなった。実家ではそうだったし、結婚してからも、この三種からの選択だが、よその家はどうなのだろう。

「きなこでなんか食べたことない」と言う人がいた。「どうすんの？」と聞くから、

「きなこと砂糖、隠し味に塩を少し入れたものを準備しておいて、お餅を茹《ゆ》で、軟らかくなったら、そこに入れてからめる……って、本当に食べたことないの？」

「うん、ない。うちは醤油つけて海苔巻くのだけ」

「あ、そうそう。きなこは袋入りを買うより、大豆をフライパンで煎《い》って、フードプロセッサーでガーッと粉にする方が断然香ばしくて砂糖の量も少なくてすむよ」

「ふうん。でもそれ、いつ食べるの？」

いつ、って……。食べたいときにだよ！　と思うが、どうもぴんとこないらしい。

餅つき大会などあれば、からみ餅とか納豆餅、あんこ餅などいろいろなバリエーションを知ることができるが、家庭内餅は、あんまり来客に出したり、よそでご馳走になったりしないので、ほとんど交流がなく、閉鎖的だ。

でも私は一度だけ、よその家でお餅を食べたことがあった。幼稚園児の頃、安藤君のおうちで。安藤君はいつも洟《はな》を垂らしてニコニコしている、今思うと実にのびのびとした素直な子だった。

木枯らしが吹く午後、私たちは五、六人で外を走り回って遊んでいた。そろそろ誰かの暖かい家で、おやつを食べる時間だった。どこで遊んでいようと、大抵おやつは私のうちに来ることになっていた。私は鹿児島に越してきたばかりで、標準語を話す珍しい存在だった。母が出すおやつは、みんなが食べたことのないビスケットやチョコレートなどで、おそらく私はそれがちょっと得意だったと思う。

その日はいつから交っていたのか、あまり外で一緒に遊ぶことのない安藤君が、家にみんなを引き連れて帰った。はじめて見る安藤君の家は、古くてとても狭かった。ドアを開けると、こたつで内職をしていたお婆さんが振り返った、と思ったが、それは安藤君のお母さんだった。

お母さんは「寒かったろう」と、安藤君のしもやけの手を包み込んで温めていたが、やがてみんなに小さなお餅を焼いてくれた。お母さんはうれしそうに「仲良くしてくれてありがとうね」と「子どもは風の子」という、幼稚園児が返答しにくいことを繰り返し言った。子どもながらに、安藤君がお母さんからとてもかわいがられているのがわかった。

お餅は丸でも四角でもない不思議な形で、醤油をちょっとつけたのが、順番に手渡された。「子どもは風の子。外で遊びなさい」お母さんに言われて、私たちはまた外に出たが、安藤君は里心がついたのか、もう遊びに出なかった。

「子どもは風の子」と聞くと、いつも私はふっと安藤君の笑った顔と、小さくていびつな形のお餅を思い出す。

マフィンのふちはカリカリに

「子どもの頃、繰り返し読んだ本」というのは、大人になって懐かしく思い出す頃には、手元にないことが多い。もちろん書店にもない。だって児童書の大半は、すぐ絶版になるし、そもそも児童書のある書店が激減してますからね。しくしく……。

そんなわけで、復刊を望む声が高まり（多くは他の出版社が）復刊する、ということがわりとよくある。復刊リクエストは、なにぶん子どもの頃の記憶なので、タイトルがわからない、内容を勘違いしている、などいろいろだ。わずかな手がかりから、それだ！　とわかり、その本を再び手にする喜びはどんなだろう？

『みにくいおひめさま』も、そんな復刊童話の一冊だ。

「お姫さまが水もくめないの！　で、スフレを焼くんだけど、膨らまなくて失敗し

ちゃうの。もうだーい好きなお話！」

普段は聡明な女性が、無邪気な笑顔でそう話す。子どもの頃好きだった本を語るとき、人はすっかり子どもに戻ってしまうようだ。

「でも題名が思い出せないんです。『おひめさま　スフレ』で検索しても、出てこないし……」。ところがその本が復刊されていたというのだ。スフレは記憶違いで、マフィンだった。どうりでヒットしないわけだ。

探してみると、あれまあ、装丁からして素敵な本ではないか！　そして読んでみたら本当に素晴らしい童話だった。一気に読ませるストーリー。無駄のない、たおやかな訳文。想像力を妨げない美しい挿絵。即座に私の童話ベストワンとなった。復刊本は、大人の熱い声がそれだけあったということなので、いい本であり、大人が読んで楽しめる本である確率が非常に高いと思う。

『みにくいおひめさま』は、ある王国のお姫様、エスメラルダが、優しい両親に愛され、贅沢に暮らす日々から始まる。そのディテールもいちいち魅力的だ。ところが彼女にはただひとつだけ足りないものがあった。それは美しさだ、というのである。そこへ、エスメラルダを魔法で美しくしてみせると言う女性があらわれて彼女を引き取る。と、書くとありきたりな話のようだけど、美しさとは？　なんてことを考えさせる心温まるおとぎ話なのだ。

絶賛した友人が言った通り、マフィンのシーンはことに印象的だ。静かな雨が降る日、エスメラルダはお城でのおやつの時間を思い出して、せつなさと懐かしさで胸がいっぱいになる。こんな雨の日には、ランプに火が灯《とも》され、お盆にのったマフィンが運ばれてきた……。彼女は突然、あのあったかいマフィンを食べたいと思い、作ってみようと思うのだ。

みんなが昼寝をしている間に、エスメラルダははじめてのマフィン作りに挑戦する。悪戦苦闘の末、みんなが目を覚ましたときには、パリッときつね色に焼けたマフィンをどっさりオーブンから取り出しているところだった。途端に「魔法の力」で、あるいは「自分でものを作る喜びを知った」ために、エスメラルダは美しくなるのだ。

この場面は、マフィンの香ばしさが漂ってくるようで思わずうっとりしてしまうが、日本版が出た一九六八年に、筒形のアメリカンなマフィンを知っている日本人がいただろうか？ よくわからないけど、なんだかすごくおいしそうなお菓子、というイメージだったはずだ。このおいしそうな甘い響き「マフィン」が、日本でポピュラーになったのはそう昔のことではない。

私は若い頃、羽田空港のマフィン専門店「ミセスエリザベスマフィン」で、ショーケースにずらりと並んだマフィンを見たときの興奮を忘れない。店からあふれる甘い香り。きつね色のもこっと膨らんだマフィンが、それもマフィンだけが、ぎっしり並んでいる光景！

「ここはアメリカか！」（羽田だ）、「アメリカンのエリザベスがメイドしたマフィンか」（ルー大柴か）。クランベリーやレモン&ジンジャーなど、はじめて見るさまざまな種類のマフィンを見ては逆上し、ただでさえ荷物が多い羽田の帰りに、食べきれないほど買ってしまったものだ。

羽田の店はもうないけれど、今はあちこちにマフィンの専門店があって、さまざまなフレーバーが登場している。バリエーションが豊かなのは、生地がもともとあまり甘くないせいだと思う。だからこそキャラメルやチョコの甘み、しっとりしたフルーツの甘酸っぱさが際立つ。さらに野菜やハム、チーズなどが入った「食事系マフィン」と呼ばれているものも種類を増やしている。

ランチが軽かったり、夕食が遅くなりそうなとき、マグカップにたっぷりのコーヒーを淹れて、食事系ひとつ、スイーツ系ひとつ。マフィンはかなり頼もしいおやつといえる。

チョコバーをぎゅっと握りしめる

「チョムポ」というお菓子をご存知だろうか?

アメリカの絵本『フランシスとたんじょうび』に出てくるチョコバーだ。

アナグマの女の子、フランシスが、妹の誕生日プレゼントに「チョムポ」というチョコレートを買うものの、本当は自分が食べたくてしょうがない。絵を見ると、アナグマの鋭い爪の伸びた手で、せつなくもぎゅうっと握りしめられた「チョムポ」は丸みを帯びた細長い三角柱。

「チョムポ、はまんなかが　ヌガーで、そのまわりに　やわらかいキャラメルがあって、そのそとがわが　ナッツのはいった　チョコレートに　なっているんだよ。」というフランシスの説明を読むと、そこらの輸入食品店で売っていそうな典

型的なチョコバーだ。

十五年ほど前、私は幼い娘たちと一緒に、本物の「チョムポ」を探した。絵本の中で、フランシスがあんなにも食べたかった、でも妹が全部食べてしまった「チョムポ」を味わってみたかったのだ。

おそらく代表的なチョコバー、「ミルキーウェイ」「スニッカーズ」「ツイックス」のある棚で簡単に見つかる。そう思っていたが、なかなか見つからない。

「あった！　チョムポだ」と母娘三人で喜ぶ日を夢見て、めぼしい店はすべて回ったが、なかった。

そうか。「チョムポ」は作者ラッセル・ホーバンがつけたオリジナルな名前なのかもしれない。そこで我々は捜査を切り替え、中身が同じものを探した。

「かーさん、これは？」「ねえ、これチョムポじゃない？」

娘たちが持ってくるものを、私はさっと取り上げ、鋭い目つきでパッケージの写真や絵、原材料名をチェックする。

「……違う。ヌガーが入ってない。戻してきて」

「ううむ、惜しいな。キャラメルが真ん中だ。チョムポは真ん中がヌガーだからね。でも買ってみよう。おいしそうだから」

捜査は難航した。日本には輸入されていないのかもしれない。あるいは、もう製造していないのかもしれない。『フランシスとたんじょうび』が日本で最初に出版されたのは一九七二年なのだ。

その頃、日本にはまだチョコバーなんてなかったと思う。私が知る限り、日本におけるチョコバー全盛期はたぶん一九八〇年頃。ピーナツがぼこぼこしてカロリーが高そうな、白いヌガーとキャラメルで歯の詰めものが取れそうな、確実に太る、でっかいチョコバーが、アメリカ、ヨーロッパから次々とやってきた。

今の主流はサイズも小さく、キットカットやビッグサンダー、ブラックサンダーなど、あっさり系ばかり。ビリッ（袋を破る音）、ガリムチッ（ナッツとキャラメル部分をかじった音）、ぐわっ、甘い！という三拍子そろった野蛮なチョコバーはもう日本ではあまり見かけない。

私たちの「チョムポ」探しは迷宮入りとなり、それもしゃくなので、私は「トブラローネ」を「チョムポ」と呼ぼう！と宣言した。三角柱の箱に入って、名前がでかでかと書いてある点で、ビジュアル面ではこれが一番近い、と判断したのだ。「チョムポ」のモデルは「トブラローネ」に違いない、と言いだした母に、娘たちはうなずいた。幼少時における「母」は絶対的な存在なのだ。

ところが先日『フランシスとたんじょうび』の原書を買い、前出の「チョムポ」の説明の文を読むと、「チョムポ・バーは、ヌガーとキャラメル、チョコ、ナッツでできている」。さっぱりとそれだけ。ならあったのに！　確かに日本語訳の方がずっとおいしそうだし、「チョムポ」が大好きなフランシスなら、これくらい愛情たっぷりに説明すると思うけど。あーあ、翻訳した松岡享子さんにまんまと騙《だま》された。

でも子どもたちとの「チョムポ」探しの日々は、今思うと微笑ましく、楽しかった。そりゃあ、買いものしながら「早く子連れの買いものから解放された〜い」とため息ついたりしたし、毎晩、娘たちを両脇に寝かせて読んだ絵本の時間は、ときには面倒で、「ひとりで好きな本を読んで、のびのびと寝たいものだ」と思ったけれど。

もうすっかり子どもたちから手が離れてしまった今、「あ、そうか。今夜はみんな、ごはんを食べてくるんだっけ。急いで帰ることないんだ」と、のんびり歩く夕方。小さい子どもたちを急《せ》きたてて、キリキリしているお母さんを見ると、当時、永遠に続くように思えたあの時代は、決して長くなかったんだなあと思う。

だったら焦らずに、もっとじっくりと、幼い子どもとの生活を味わっておけばよかった。娘たちのケタケタ笑う声や、小さな手の感触がよみがえり、ちょっとしんみりした気持ちになった。

あとがき

おやつは、ささやかだけど大切な「暮らしの愉しみ」だ。

仕事がひと区切りしたときや、頑張りすぎてちょっと疲れちゃったな、と思ったときは、たとえ気持ちや時間に余裕がなくても、思いきっておやつの時間にする。手軽なティーバッグの紅茶に、クッキーとチョコレートを添えるだけのかんたんなものでかまわない。ほんのひとときのおやつで、気持ちが切り替わり「さて、また始めるか」と思えてくるから不思議だ。

おやつの食べ方にもいろいろある。くつろげるカフェで本を読みながら。友達の家でわいわいおしゃべりしながら。部屋でひとり、優雅にアフタヌーンティーをセッティングしたり、ときには、テレビを見ながらだらしなく、なんてことも。

子どもの頃、作ってもらったおやつや、童話に出てきた外国のお菓子を思い出して、むしょうに食べたくなるときがある。絵本や童話に登場する食べものは、どうしてあんなにおいしそうに思えたのだろう。

私は仕事柄、日常的に絵本や童話、児童文学を読むけれど、それでもいつも「子どもの本っていいなあ」と思う。本を開くわずかな時間、子どもの本の世界に心を遊ばせると、「大人だから」とおさえていた心が、ふわっと軽く、自由になり、何かワクワクすることを始めてみたくなる。

おいしいおやつが登場する絵本や童話はたくさんあるけれど、この本ではおやつひとつにつき、紹介する本は基本、一冊と決めた。中には残念ながら絶版になった本もあるが、ぜひ、図書館や古書店で探してほしい。「なるほど」と共感していただき、さらに大人になって絵本や童話を読む醍醐味を味わってもらえたら、こんなにうれしいことはない。

最後に、素敵な本に仕上げてくださったイラストのねもときょうこさん、デザインのレスパース・縄田智子さん、ホーム社の頼もしい編集者、原多恵子さん、どうもありがとうございました。

もとしたいづみ

紹介したおやつと本（おやつ50音順）

＊本書においては、以下を底本としました。

◎アイスクリーム　66
『アイスクリームの国』
アントニー・バージェス／作　ファルビオ・テスター／絵
長田弘／訳　みすず書房（２０００年）

◎アップルパイ　130
『赤い実かがやく』
野中柊／作　松本圭以子／絵　そうえん社（２０１２年）

◎あんパン　28
『つるばら村のパン屋さん』
茂市久美子／作　中村悦子／絵　講談社（１９９８年）

◎あんみつ　42
『あんみつひめさま』
さとうめぐみ／作・絵　教育画劇（２０１３年）

◎おいなりさん　20
『すずめのおくりもの』
安房直子／作　菊池恭子／絵　講談社（１９９３年）

◎おはぎ　16
『おはぎちゃん』
やぎたみこ／作　偕成社（２００９年）

◎かき氷　62
『やまからきたぺんぎん』
佐々木マキ／作・絵　フレーベル館（２００８年）

◎カステラ　142
『ぐりとぐら』
なかがわりえこ／文　おおむらゆりこ／絵
福音館書店（１９６３年）

◎キャラメル　146
『キャラメル』
山﨑克己／作　福音館書店（２００６年）

◎クッキー　88
『ふたりは いっしょ』
アーノルド・ローベル／作　三木卓／訳　文化出版局（１９７２年）

◎月餅　80
『お月さまってどんなあじ？』
マイケル・グレイニエツ／絵・文　いずみちほこ／訳
セーラー出版（現・らんか社、１９９５年）

◎コロッケ　126
『コロッケ町のぼく』
筒井敬介／作　井上洋介／絵　あかね書房（１９７２年）

◎ジャム　32
『きりのなかのはりねずみ』
ユーリー・ノルシュテイン、セルゲイ・コズロフ／作
フランチェスカ・ヤールブソワ／絵
こじまひろこ／訳　福音館書店（2000年）

◎シュークリーム　104
『チョコレート戦争』
大石真／作　北田卓史／絵　理論社（1999年）

◎ショートケーキ　24
『おたすけこびと』
なかがわちひろ／文　コヨセ・ジュンジ／絵
徳間書店（2007年）

◎スコーン　134
『トムは真夜中の庭で』
フィリパ・ピアス／作　高杉一郎／訳
岩波書店（新版2000年）

◎ゼリー　50
『フルーツタルトさん』
さとうめぐみ／作・絵　教育画劇（2011年）

◎せんべい　84
『よりみちせんべい』
山﨑克己／作・絵　農山漁村文化協会（2008年）

◎チョコバー　158
『フランシスとたんじょうび』
ラッセル・ホーバン／作　リリアン・ホーバン／絵
松岡享子／訳　好学社（1972年）

◎ドーナツ　100
『ゆかいなホーマーくん』
ロバート・マックロスキー／作　石井桃子／訳
岩波書店（新版2000年）

◎どら焼き　96
『どんぐりどらや』
どうめきともこ／作　かべやふよう／絵　佼成出版社（2005年）

◎肉まん　112
『りきしのほし』
加藤休ミ／作　イースト・プレス（2013年）

◎パフェ　70
『いちごパフェエレベーター』
石崎なおこ／作・絵　教育画劇（2014年）

◎ピザパイ　54
『ピッツァぼうや』
ウィリアム・スタイグ／作　木坂涼／訳
セーラー出版（現・らんか社、2000年）

◎ビスケット　36
『十五少年漂流記』
ジュール・ヴェルヌ／作　椎名誠、渡辺葉／訳
新潮社（2015年）

◎ひなあられ　12
『おどれ！ひなまつりじま』
垣内磯子／作　松成真理子／絵　フレーベル館（2010年）

◎プリン　58
『ポンテとペッキとおおきなプリン』
仁科幸子／作・絵　文溪堂（2012年）

◎フルーツサンド　8
『もりのへなそうる』
わたなべしげお／作　やまわきゆりこ／絵
福音館書店（1971年）

◎ホットケーキ　116
『ちびくろ・さんぼ』
ヘレン・バンナーマン／文　フランク・ドビアス／絵
光吉夏弥／訳　岩波書店（1953年）

◎ポップコーン　74
『ノラネコぐんだん　きしゃぽっぽ』
工藤ノリコ／作　白泉社（2014年）

◎マドレーヌ　138
『まどれーぬちゃんとまほうのおかし』
小川糸／文　荒井良二／絵　小学館（2010年）

◎マフィン　154
『みにくいおひめさま』
フィリス・マッギンリー／作　中川宗弥／絵　間崎ルリ子／訳
瑞雲舎（2009年）

◎マロンシャンテリー　92
「ウルスリのすず」（『アルプスのきょうだい』より）
ゼリーナ・ヘンツ／文　アロワ・カリジェ／絵　光吉夏弥／訳
岩波書店（1954年）

◎饅頭　122
『おしくら・まんじゅう』
かがくいひろし／作　ブロンズ新社（2009年）

◎餅　150
『三匹の犬の日記』
与謝野晶子／作　つよしゆうこ／絵　架空社（2007年）

◎焼き芋　108
『やきいもするぞ』
おくはらゆめ／作　ゴブリン書房（2011年）

◎レモンパイ　46
『にいさんといもうと』
シャーロット・ゾロトウ／文　メアリ・チャルマーズ／絵
矢川澄子／訳　岩波書店（1978年）
『おにいちゃんといもうと』
シャーロット・ゾロトウ／文　はたこうしろう／絵
おーなり由子／訳　あすなろ書房（2013年）

もとした・いづみ

作家。商品企画、雑誌や児童書の編集・ライターなどを経て、子ども向けの作品を書き始める。二〇〇五年『どうぶつゆうびん』（あべ弘士・絵）で産経児童出版文化賞ニッポン放送賞、二〇〇七年『ふってきました』（石井聖岳・絵）で日本絵本賞、二〇〇八年同作品で講談社出版文化賞絵本賞を受賞。講談社出版文化賞絵本賞選考委員。絵本「すっぽんぽんのすけ」シリーズ、童話「おばけのバケロン」シリーズのほか、『おむかえまだかな』『キャンディーがとけるまで』など著書多数。

本書は書き下ろしです。

レモンパイはメレンゲの彼方《かなた》へ

2016年9月30日　第1刷発行

著　者　もとしたいづみ
発行者　吉倉英雄
発行所　株式会社 ホーム社
〒101-0051 東京都千代田区神田神保町3-29 共同ビル
電話［編集部］03-5211-2966
発売元　株式会社 集英社
〒101-8050 東京都千代田区一ツ橋2-5-10
電話［読者係］03-3230-6080
［販売部］03-3230-6393（書店専用）

印刷所　凸版印刷株式会社
製本所　加藤製本

ブックデザイン　縄田智子　L'espace
装画・挿画　ねもと きょうこ

ISBN 978-4-8342-5313-9　C0095

JASRAC 出 1610696-601